COLECCIÓN CLÁSICOS
CENTROAMERICANOS

1948

CASASOLAEDITORES

Título: *Trópico*
Autor: Marcos Carías Reyes
—1ra edición, 1971 ©
—2da edición, Casasola Editores 2021 ©
Colección Clásicos Centroamericanos ©
210 p. 5.25 x 8 pulgadas
ISBN-13: 978-1-942369-60-8
ISBN-10: 1-942369-60-3
Portada: Knny Reyes
Diseño y diagramación: Casasola Editores
Editado por Óscar Estrada y Roberto Carlos Pérez
Prólogos de Ventura Ramos y Óscar Estrada
Presentación de JP Carías Chaverri
Cronología de Marcos Carías Zapata
Revisión del texto de Dennis Arita

© Casasola Editores
215 East Hill Rd. Brimfield, MA. 01010
info@casasolaeditores.com

TRÓPICO

MARCOS CARÍAS REYES

COLECCIÓN CLÁSICOS
CENTROAMERICANOS

1948

CASASOLAEDITORES

Marcos Carías Reyes

(1905-1949)

INARMÓNICA PRESENTACIÓN

✣

En *Trópico*, de Marcos Carías Reyes (1905-1949), resuenan ecos de la avenida Jerez, puede que del barrio La Leona, o quizás también ecos del callejón El Olvido. Y rompen con fuerza las olas del mar Caribe. Esta es una novela entrañable en la que convergen la capital y la costa caribeña casi a la mitad del siglo XX, con su belleza, pero también con sus injusticias y sus miserias.

Extraña denuncia social venida de uno de los que fuera considerado como literato de la dictadura de Tiburcio Carías Andino (1933-1949), de quien además era sobrino y fungiese como su secretario privado.

Es con la venia del dictador que se otorgan jugosas concesiones a compañías extranjeras en detrimento de los productores independientes del banano que eran en su mayoría del opositor partido liberal. ¿Cómo entender entonces esta contradicción? Puede que en nuestra Honduras las explicaciones sean aún más complejas de lo habitual.

Menos contradictorio parece el hecho de que Carías Reyes fuese uno de los que facilitó el camino a la democracia, uno de tantos que "ablandaban" el duro régimen de su tío, que recién había finalizado cuando esta obra se termina de escribir.

Sin embargo, es visible que en nuestro país seamos asiduos a la ironía y a repetidas contradicciones que alimentan nuestra historia. No es aquí el espacio propicio para entender esta lucha de contrarios. Solo basta decir, como ejemplo, que el viaje de don Marcos de *La heredad*, su primera novela, a *Trópico*, su novela póstuma, es sin duda alucinante.

Sin embargo, más allá de la denuncia social de esta historia, nos seduce la cadencia del lenguaje, la riqueza de las descripciones y las historias que se entrelazan en una amalgama tan colorida como el propio trópico que la novela descubre. Esta mezcla es para nosotros su riqueza.

A lo largo de los años, en la familia, en la que hay varios asiduos lectores e inclusive profesionales de las letras, hemos coincidido que *Trópico* es la obra más importante de Marcos Carías Reyes, y una de las grandes obras de la literatura nacional. Y también hemos lamentado el olvido al que ha sido sometida.

Dejemos que la voz de su hijo, Marcos Carías Zapata (1938-2018), quien conoció mejor esta obra, ya que fue él mismo quien realizó la edición final, nos hable de ella:

A personas cercanas les había dicho que *Trópico* era su herencia. Esta segunda y última novela de Carías Reyes se publicó, póstumamente, en 1971.

En *Trópico* hay dos protagonistas: Lorenzo Gallardo, trabajador de la bananera, cesanteado y comandante de un movimiento revolucionario imposible, y Mario Reyna, él mismo, un intelectual que hace acopio de recuerdos y reflexiones históricas sobre el destino común y sobre su propia existencia. Ahí vuelven a surgir las tramas familiares de su *kaleidoscopio*, los amores platónicos y de carne. Vuelve una misiva de los tiempos de sus *Prosas fugaces*: «Amada mía: Suenan vagamente las campanas del recuerdo... En la soledad de mi espíritu, huérfano de grandes afectos y poblado de quimeras dolorosas, crece mi amor hacia ti... Me siento solo. Solo con el orgullo indomable que vibra en mi ser...». Vuelve otra vez, el hermano muerto que lo llama: (él introdujo repetidas veces el dedo dentro del negro boquete abierto por el proyectil). Vamos... Mario... en marcha... hacia un futuro mejor o más probablemente hacia la muerte». Sobre *Trópico* opinó Ventura Ramos que era «diferente a las demás obras del mismo género publicadas en vida del autor». Sus personajes actuaban de forma individual y no «como dirigentes obreros conscientes de su causa». Pero la denuncia es «tan realista que parece documento histórico»... Por los parlantes de HRN, en el parque central, se escuchaban capítulos de *Trópico* y Lorenzo Gallardo denunciaba la explotación bananera cinco años antes de la gran huelga (Acosta, Óscar, 1996, pp.23-24)[1].

---

1. Acosta, Óscar (1996). *Cuentos completos*, Marcos Carías Reyes, Editorial Iberoamericana / Editorial Guaymuras. Primera edición.

Encontramos con sumo agrado que Casasola Editores tiene también en alta estima esta novela y celebramos la idea de su publicación en un esfuerzo por reivindicar esta obra, y otras que corren la misma suerte que *Trópico*, en su Colección de Clásicos Centroamericanos.

Esta introspección es en particular propicia para estos momentos confusos en los que el país, y vale decir el istmo entero, necesita rencontrarse a sí mismo. Quizás escuchar estas voces del pasado nos acaricien el alma y nos otorguen un poco de luz. Al final, esa es una de las muchas magias de la literatura.

JP Carías Chaverri

Montreal, mayo de 2021.

OSARIO DEL OLVIDO
PRÓLOGO A LA EDICIÓN DE 2021

Aquí clavaron una bandera los revolucionarios. Pronto fue arrancada por los defensores. Yo veía el combate desde el tejado de mi casa. El ataque fue vigoroso y audaz, pero infranqueable la defensa. Después de subir hasta la cima, los revolucionarios tuvieron que replegarse por el fuego de las ametralladoras. Quedaron en estas faldas muchos muertos. Esto es un osario, igual que aquél y aquél otro.

—Marcos Carías Reyes, *Trópico*

Para nadie es extraña la frase lapidaria que afirma que «Honduras es un territorio árido para la literatura», no debería de serlo, pero lo es. A los altos índices de analfabetismo funcional con que contamos, que impiden a los ciudadanos entender e interpretar la realidad que nos rodea, debemos sumar la ausencia de instituciones que mantengan las producciones literarias nacionales en los anaqueles, las élites abiertamente antiintelectuales, que desconfían y atacan la creación de ideas; y una visión sesgada entre el mismo gremio literario que discrimina la disidencia en el discurso hegémonico, al excluir a autores y obras de los pequeños círculos literarios. Es más fácil para todos asumir que Honduras nunca ha tenido escritores, aunque en nuestra historia se encuentran hombres y mujeres de gran genio que invirtieron su vida en la observación de su época y la plasmaron con honestidad, para que nosotros, lectores del futuro, conozcamos el mundo en que vivieron, y aprendamos de ellos, y para que las nuevas generaciones no sufran la suerte de Sísifo.

En nuestra memoria aparecen (o debería decir, desaparecen) grandes poetas y escritores que con el tiempo hemos ido condenando al olvido, autores como Jeremías Cisneros (1845-1908), de quien solo se conserva una calle con su nombre en la ciudad de Gracias; Paca Navas (1883-1971), sufragista y pionera del feminismo nacional, el poeta Claudio Barrera (1912-1971) o el mismo Rafael Heliodoro Valle (1891-1959), respetados en su momento por los grandes círculos intelectuales de México y Centroamérica, que con los años han pasado al olvido, desapareciendo de las lecturas cotidianas de los jóvenes.

Si la literatura es la única forma que tenemos los humanos de burlar a la muerte, el olvido es la muerte última. Y no hablo solamente de una muerte física del autor (*memento mori*) sino de la muerte de una generación, de una época que nos conecta, al final, a nuestra propia muerte.

Parafraseando a Borges decimos que si todo tiempo es pasado e incluso el presente se vuelve pasado cuando se le nombra, el olvido del pasado es la muerte del presente.

¿Cómo podemos los lectores actuales comprender el mundo que compartimos sin conocer lo que los autores que nos precedieron nos describen de su momento?

Hace casi 20 años leí la novela *Trópico* de Marcos Carías Reyes. En aquel tiempo no existía un proyecto como Casasola Editores que me permitiera rescatar las obras literarias centroamericanas que consideraba de lectura necesaria. Cerré el libro y me dediqué a lamentar que poca gente lo conociera, sentía que me había descrito una Honduras agreste, que explicaba aquella ciudad en donde me movía cada día. Las calles cambiaron su significado desde esa lectura. El tiempo pasó, llegué a perder el ejemplar que tenía de aquel libro cuando la presté a alguien buscando compartir ese sueño guiado que había escrito Carías. Y mi empeño se fue con ese ejemplar. Hasta que años después logré encontrar otro en un puesto de libros usados cerca de las oficinas del Correo Nacional en la avenida Liquidámbar.

Luego se vino el proyecto de la Colección de Clásicos Centroamericanos, donde poco a poco hemos ido rescatando libros de autores que han cruzado el umbral de los 70 años (75 en el caso de Honduras) después de la muerte del autor, que define a una obra como de dominio público y nos permite rescatarla de las garras de la muerte definitiva. Con esta colección buscamos burlar la muerte última del autor, rescatando, compartiendo y hablando de su creación literaria.

En el caso de Marcos Carías Reyes (1905-1949), su trabajo aún no está en dominio público. Faltan dos años (2024) para pasar la frontera que la ley hondureña de Derechos de Autor determina para que ésta obra pase a dominio público y pueda ser editada por cualquiera. Los herederos sin embargo nos han permitido adelantar la edición de *Trópico* y sumar esta obra al lugar que le corresponde en la Colección de Clásicos Centroamericanos.

Escogimos *Trópico*, escrita en 1948 y publicada en 1971, por sobre otros libros de Carías Reyes, porque consideramos que esta novela hace un retrato más completo de la realidad que el autor vivió, desde las condiciones de explotación y miseria que padecieron los obreros en las plantaciones bananeras de la costa norte hasta los determinantes económicos, políticos y sicológicos que motivaron las montoneras durante las últimas décadas del siglo XIX y las primeras del siglo XX.

Marcos Carías Reyes, hijo de la guerra civil, nos entrega en esta novela, escrita en los márgenes de la vanguardia propia de la generación de la dictadura, un reclamo honesto de una juventud que vivió las consecuencias del horror, terminando con la gran pregunta a la que aún no tenemos respuesta: ¿qué hace que los hondureños nos matemos entre hermanos?

Rescatar *Trópico* de ese *osario del olvido* que es la literatura hondureña nos llena de orgullo, porque estamos seguros de que el lector actual sabrá darle el lugar que esta novela merece y juntos (autor-editor-lector) habremos burlado la muerte.

Óscar Estrada

Brimfield, Massachusetts, mayo de 2021

PRÓLOGO A LA EDICIÓN DE 1971

La novela *Trópico* de Marcos Carías Reyes que edita la Universidad Nacional Autónoma de Honduras, es diferente a las demás obras del mismo género publicadas en vida del autor. Fue escrita en 1948, un año antes de la muerte de Carías Reyes, cuando ya era visible el cambio parcial en la fisonomía feudal de Honduras y ya se habían producido los primeros conatos de huelga en la zona norte. Las compañías bananeras habían chafado el núcleo capitalista nacional, y los empresarios independientes no podían ignorar la dominación económica y política del capital foráneo.

Esa nueva realidad económica y social es el contenido de *Trópico*, junto con la desesperación de todos los que sufrían el proceso de proletarización.

Sus personajes razonan, ven su situación de impotencia ante el extraño dominio; sufren las injusticias y se rebelan de un modo individual, no actúan como dirigentes obreros conscientes de su causa. Quieren exterminar físicamente a los capataces inhumanos y las consecuencias les resultan siempre adversas. Pero queda la denuncia tan realista que parece documento histórico.

Cáceres, uno de los personajes en diálogo con don Goyo, se refiere a las compañías del banano en la forma siguiente:

Además, pensemos que hemos regalado al extranjero las mejores tierras de Honduras. Lo más rico. Lo más prometedor, lo que pudo ser la fuente de la riqueza nacional más grande. Y con las tierras dimos también las aguas de nuestros ríos y las maderas de nuestros bosques. Así como el oro y la plata del subsuelo.

Pero yo no culpo exclusivamente a las compañías, ni a los empresarios. Muchos antecesores nuestros son también culpables de estas anomalías. Caudillos y políticos ambiciosos que no repararon en el daño que causaban a la nación, a las generaciones que iban a surgir después de ellos y las dejaron encadenadas a compromisos a cambio de dinero y armas para botar gobiernos. Paisanos inescrupulosos que en el poder o fuera de él traficaron con la tierra, con el agua, con la madera, traspasando o vendiendo concesiones al extranjero. Fatalidad tal vez. Estamos sumidos en un estado de vasallaje económico, pero no por ello hemos de odiar al extranjero... (69-70).

Como se ve, la denuncia es completa y es actual. Esta novela póstuma de Marcos Carías Reyes, prosista de primera clase, inconclusa como la vida misma del autor, pinta con fidelidad la realidad de Honduras, la realidad de hoy.

Su publicación constituye un acierto de la Universidad Nacional Autónoma de Honduras, no solo porque al editarla nos pinta una imagen diferente del Marcos Carías Reyes que conocíamos en *La heredad*, sino porque contribuye con su fuerza narrativa a que el lector piense en que tal vasallaje económico debe tener la pronta respuesta de las nuevas generaciones aún no domesticadas por el sistema de corrupción política, allí donde el imperialismo interviene en forma decisiva.

Ventura Ramos

Tegucigalpa, febrero de 1971

CRONOLOGÍA INARMÓNICA

✣

Marcos Carias Reyes nació en Teguigalpa un 19 de diciembre de 1905. En la primavera del 38, a los 33 años, había publicado su novela *La heredad* (1934), una colección de cuentos titulada *Germinal* (1936) y presentaba sus *Prosas Fugaces*. De este libro es su «Kaleidoscopio Autobiográfico en Prosa Inarmónica», en el que nos revela algunas claves de su personalidad:

«Cuando nací —escribe— sobre el lecho donde mi madre ofrecía un ser, dibujábase el cuadrado siniestro que permite luz a una celda». Su padre recién abandonaba la prisión, a la que se le había llevado por incendiario, siendo, como era, diputado por el partido de la oposición. Aquellos barrotes quedaron grabados en la entraña de mi madre, en su espíritu y quizá también en el mío. Con las revueltas de la política, su padre, Marcos Carias Andino, revolución de por medio, pasó en el siguiente turno a Ministro del gobierno liberal de don Miguel R. Dávila, y a poco, revolución de por medio, a exiliado político en un país vecino, en 1911, cuando Manuel Bonilla derrocó a Dávila. Soberbio el acero de su temperamento indomable. Austera la lección del hogar. Mi padre fue un revolucionario… ¿He dicho rebeldía? «Instinto, atavismo, enfermedad social», así lo retrata en su Kaleidoscopio. Mientras, Paulino Valladares, en 1907, decía de aquellos varones, del General Calixto Carías, el viejo, infatigable y calmoso que cuando «la patria peligra, deja su labor pacífica» por los campos de batalla en los que «no sólo él se expone y sufre sino que va rodeado de sus hijos (Marcos, Tiburcio, Miguel), como un héroe de leyenda». La noche que su padre regresó del exilio, ella, su madre, murió, María Guadalupe Reyes. «Varios ancestros me hicieron un legado artístico», reconoce en su *Kaleidoscopio*. Doña Lupe era maestra y directora del primer Jardín de Niños en Tegucigalpa; colaboradora de *La juventud hondureña* y otras publicaciones propias de los inquietos intelectuales de fin de siglo. Afecto de discípula guardaba doña Lupe por su hermano Ramón, a quien Carías Reyes incluiría entre sus *Ilustres y trágicos Ramones*. Ramón Reyes: «Veinticinco años: maestro, orador, escritor y poeta, muriendo acribillado a balazos por una escolta, cerca de San Antonio del Norte, en medio de una de las trágicas y ridículas zambras que hemos dado en llamar revoluciones». Por esta veta, su ascendencia artística se remonta a la familia de José Trinidad Reyes, fundador de la Universidad y de la literatura hondureña. Las luces del *Kaleidoscopio* se hunden en el pasado: el amor a las letras y al arte «vino al mundo conmigo. La comunión espiritual en que, desde niño, viví con Hugo y Darío ahí tuvo su arcano origen». Era, pues, brote de un árbol en cuyas ramas bifurcadas también se columpiaban Ramón

Rosa y Rafael Heliodoro Valle («La primera vez nos encontramos en el recuerdo de Angelita y de Lupe, dos rosas unánimemente excelsas en el árbol de la sangre»). Y asumiendo tal herencia, en su *Kaleidoscopio* se define como «un sensitivo, un imaginativo, un emotivo». Políticos y guerreros, entonces, tiran de la línea de su vida; poetas, hombres de pensamiento, con los que parece estar más en casa, anidan en su sensibilidad, a flor de piel.

A los 20 años, Marcos Carías Reyes se ha quedado huérfano. Además de sus padres («Y derramó dos lágrimas, dos únicamente... cuando su hermana menor se precipitó gimiendo sobre su padre fulminado por un ataque cardíaco») ha perdido a su hermano mayor. «Lo encontré de espaldas sobre el pavimento. De la frente, en medio de los ojos, brotaba un impetuoso chorro de sangre». Alguien le había disparado a quemarropa. La voz de tu hermano mayor muerto, otro Ramón, y que era un muchacho fuerte y arrogante, jugador de béisbol, amigo de las matemáticas y la ingeniería, es voz que escucha en ocasiones especiales para advertirle «te desorientas»; será la última voz que oirá, en la vigilia, el protagonista de *Trópico* su novela póstuma, en su párrafo final.

En un medio de una casi nula producción novelística, la aparición de *La Heredad*, de Marcos Carías Reyes, en 1934, fue un hito, o "la más bella primicia dada a la literatura nacional", como expresó Medardo Mejía. Un protagonista central de esa novela es «El Patriarca» que "fue a la guerra y regresó de ella a botar robles, encinas, ocotes y quebrachos, hasta formar la heredad"; o sea, que dejó atrás la destrucción y a punta de energía logró levantar un rincón productivo en Honduras. ¿Podría asimilarse

21

este personaje a su tío Tiburcio y su *heredad* a la esperanza de un país entero, ahora que se había convertido en Presidente de la República? Don Tiburcio, doctor y general, dejó atrás su agitada juventud policarpisa para refugiarse en su campo de Zambrano, del que había salido para encabezar al Partido Nacional. Ya en 1924 había ganado la contienda electoral, sin mayoría absoluta. Una guerra civil se le interpuso para ascender al poder. En 1928, los resultados de las urnas le fueron desfavorables; no asi en 1932, si bien tuvo que reconfirmar con una guerra lo que había obtenido con el voto, para empezar a gobernar en 1933. *La heredad*, dice su autor, «es la obra juvenil de mi inquietud moral». Desde La Habana, el venezolano Gerardo Gallegos comentó la segunda edición de *La heredad* (1945) como obra abundante en «páginas que parecen arrancadas de un libro de ensayo polémico» pero que, sin embargo, por su contenido, factura técnica y emoción dramática «página tras página este libro es una novela y una novela entre las novelas que han aparecido recientemente en el mercado literario de la América Latina».

Germinal (1936) contiene veinte cuentos. Su prologuista es Julián López Pineda. Los cuentos habían venido apareciendo en las revistas literarias de la capital. Para Carías Reyes «*Germinal* es mi libro de adolescencia. Sueños líricos, vagas alucinaciones». El estilo y muchos temas de los relatos («Amor Sacrilego», «La Zíngara») hacen de este libro el puente de comunicación entre el joven escritor y un maestro como Froylán Turcios. Con motivo de *Germinal* Rafael Heliodoro Valle apuntaba desde México: «Carías Reyes tiene clara significación en la nueva generación literaria de Honduras, al lado de Arturo Mejía Nieto, de Medardo Mejía, de José R. Castro». Y el citado Mejía Nieto, a su vez, desde Buenos Aires lo consideraba «un bello recipiente, ricamente pulido, que el talento del autor ha llenado con licor de la mejor calidad y que, a medida que se inspira en temas de mayor realidad humana del momento, ganará en forma y contenido».

El prólogo de *Prosas fugaces* (1938) es de Alejandro Castro. Son artículos cortos, «publicados algunos de ellos en la *Revista Tegucigalpa*», de prosa poética, preciosista y reflexiva. El prologuista recuerda los inicios literarios y periodísticos de Carías Reyes, muy joven, allá por 1923 y que «muchos atribuían sus artículos a cerebros por aquellos días consagrados en la jurisprudencia y en la política». Castro habiendo ya catado su talento, dice: «Yo reía piadosamente». Una que otra prosa quisiera convertirse en cuento, como lo hace «El primer amor». El breve encuentro tardío entre Mario y Elsenora, en este primer amor que apenas lo fue, vuelve a repetirse muchos años después, en *Trópico*, entre Mario y Eva, en la ronda de otros amores fugaces como estas prosas.

En la primavera del 38, Carías Reyes ya ha regresado de su puesto diplomático en París y tiene en prensa *Crónicas frívolas*. Entre otras estampas sobre su permanencia en Europa, se narran sus cinco mil kilómetros de vivo recorrido por la España republicana, en vísperas de la guerra civil. Pero la impresión de *Crónicas Frívolas* opacó su contenido: 25 ejemplares en papel mezcla de seda, hecho a mano, numerados del I al XXV y 475 en papel japonés de algodón, numerados del 26 al 500, editado en Japón por The Kobe & Osaka Press Ltd., en 1939, con

23

ilustraciones de Foujita. Sin lugar a dudas, se ganó la fama de ser una exquisita joya bibliográfica.

Crónicas frívolas es el libro de un viajero, no de relatos amorosos, pero «es mi libro de alegría. Por eso lo dedico a tí, Mujer, porque mi corazón grita tu nombre en cada latido». Marcos había contraído matrimonio con la profesora Tulita Zapata y en la primavera del 38 esperaban su segundo hijo. «Serenidad y Plenitud», es su dedicatoria: «Deja que mi espíritu se bañe en la serenidad de tu pupilas... Ha llegado la hora... de la plenitud espiritual en que se abren las corolas maravillosas del ensueño y del amor».

Primavera del 47

Carias Reyes publica *Hombres de pensamiento*, ensayos literarios sobre José Cecilio del Valle, Ramón Rosa, Juan Ramón Molina, Luis Andrés Zuñiga, Rafael Heliodoro Valle, Arturo Martínez Galindo. Desde los albores de la independencia hasta su compañero de bohemias y de creación. «El acero asesino se encargó de romper, destrozándole el cráneo, los nudos gordianos que Arturo Martínez Galindo llevaba en su luminoso cerebro» y es que entre ellos ya se cuentan los caídos: Federico Peck Fernández, Ramón Padilla Coello, Marco Antonio Ponce, más Martínez Galindo, todos prematuramente. Así de efímeras las glorias de este mundo todavía no consagradas por el laurel de la historia. En un colofón del libro rememora sus visitas a la librería del maestro Froylán Turcios, también fallecido ya, adonde se reunían los amigos. «La librería situada en la esquina de la Casa

Streber desapareció, como todo desaparece. ¿Lecturas? Planificación, economía dirigida, democracia, fascismo, Lenin, Hitler, Lipmann, Norman Angell, Plejanov, Sforza, Spengler, Manheim…y *Lo que el viento se llevó*, y *Las uvas de la ira*, y *Rebeca* y *La montaña mágica*. ¿Qué perduró de aquello? ¿Qué perdurará de esto, cuando el viento loco haya pasado?

Al regresar de Europa, Carías Reyes pasó a ocupar la Secretaría Privada de la Presidencia de la República. Su tío Tiburcio convertido en dictador. Partidarios suyos organizaron una Asamblea Nacional Constituyente en 1936, al concluir su período constitucional, para reelegirlo por seis años más. En 1942, se repitió la receta. El continuismo tuvo sus valedores: la paz interna, la salvación del país, el clima bélico internacional. El régimen se encerró sobre sí mismo, más sordo, más mandón, más ciento por ciento leal a toda prueba al cariísmo y a su Jefe Máximo. Desde la Secretaría Privada, Carías Reyes se preocupó por fomentar el desarrollo cultural y la edición de libros. Cuando podía, procuraba llevarles la contraria a los más duros del régimen. Por toda su gestión pagó un alto costo personal. «Dedicado al estudio y resolución de grandes y pequeños problemas de la política criolla, perdió con pena precioso tiempo robado a su afición literaria. ¡Ah! ¡Si sólo se hubiera podido dedicar a la literatura! Quizá este grito aislado, concretando una de sus secretas pesadumbres fue una de sus mayores congojas».

Ocasión propicia para la Secretaría Privada fue la efeméride del centenario de la muerte de Francisco Morazán, en 1942. Con la colaboración de Céleo Morillo Soto, fueron seleccionados los textos para la producción del *Álbum Mo-*

razánico cuyo voluminoso *Tomo Primero* comprendió: las reediciones de la *Biografía del General Francisco Morazán* por Eduardo Martínez López y la *Vida de Morazán*, del salvadoreño Rafael Reyes; las ediciones conmemorativas de la *Revista* del Archivo y Biblioteca Nacionales, Foro Hondureño, el Homenaje de Admiración y Consagración al General Francisco Morazán, por la Sociedad de Maestros «Trinidad V. Bonilla», de Juticalpa, así como el *Testamento y memorias del General Francisco Morazán*, discursos y artículos relativos al Héroe, editado por los Estudiantes Universitarios de Honduras y la solfa del «Himno a Morazán», con letra de Froylán Turcios y música de Francisco R. Díaz Zelaya. Reunir parte del homenaje del gobierno de Carías Andino al prócer centroamericano que culminó con un nutrido programa de eventos cívicos los días 13, 14, 15 y 16 de septiembre de 1942. Vestido de frac y destacándose de la comitiva formada por el Presidente y sus principales funcionarios, Carías Reyes caminó al podium encargado del discurso para glorificar al Héroe. Fueron muchos los discursos pronunciados por Carías Reyes, ora para enaltecer a Valle, o al Padre Reyes, para reflexionar sobre la Independencia o para inaugurar el Estadio Nacional. Algunos de ellos, sólo los más tempranos, están recogidos en la sección Homenajes de *Prosas fugaces*. Muy querido proyecto para la Secretaría Privada, que pudo ver realizado en su *Tomo Primero*, fue la primera edición de las *Obras completas de Ramón Rosa*, que vio la luz como *Oro de Honduras*, en 1948, con prólogo de Rafael Heliodoro Valle, aquel antológico que se inicia con la frase de que «la historia de Honduras puede escribirse en una lágrima».

Generoso para estimular a los escritores que surgían «mecenas hondureño» le llama agradecido Pompilio Ortega, autor de *Patrios Lam* (1946); —bien se lo amerita Jacobo V. Cárcamo, de puño y letra, cuando se publicó *Brasas azules*. «Para el Lic. Carías Reyes, talentoso amigo: Va este primer ejemplar para Ud. a decirle —entre un revoloteo de gratitudes y reconocimientos— que ante el hormiguero de mis poemas el prólogo suyo es un muro de águilas». La literatura, en Honduras, estaba cambiando en 1938 cuando este libro aparece. En su prólogo, Carías Reyes apuntó: «Jacobo V. Cárcamo nos da un notorio ejemplo de evolución en la personalidad artística de un poeta». Era el paso desde su primer libro, lleno de trémolos líricos, *Flores del alma*, a su segundo, *Brasas azules*. «Los poetas jóvenes se desentienden de la romanza sentimental y de la orfebrería deslumbrante, pero inanimada, para recoger el dolor del Hombre, o la ira del Hombre, o el ansia del Hombre, o el goce del Hombre».

En el mismo autor, Carías Reyes, se produjo un similar proceso. Había atendido la recomendación de Mejía Nieto: menos filigrana, más escueto fotográfico realismo humano. Es la diferencia entre los cuentos de *Germinal* (1936) y los *Cuentos de lobos* (1941). Tres son los nahuales que vigilan sobre esta colección de cuentos: el lobo, el perro y el gato, cuyas figuras ilustra Arturo López Rodezno. El lobo es la violencia de la guerra civil, que la mano dura de Carías, en 1941, al parecer ha domesticado. Carias Reyes no quiere destacar los errores cometidos o analizar «las causas por las cuales se han batido los hondureños». Quiere destacar, a pesar de todo, «el valor demostrado por los hondureños» en su secular refriega.

«Hay un almacén de gestos heroicos —no es fácil exponer la vida— anónimos, en esa existencia turbulenta». El perro, en la sección siguiente, es el símbolo de la miseria. No un cachorro de postín o un aguacatero flácido: «el hambre tiene cara de bulldog enfurecido». Y el gato, un animal aristocrático, es la vida muelle, poltrona, la cara frívola y como irresponsable de los que viven entre cojines un encarar «los terribles problemas de los pobres perros sin amo y sin hogar». «Con el permiso de ustedes» nos pide el autor en la introducción de *Cuentos de lobos* porque se ve obligado a defender el oficio de escribir, de hacer literatura en medio de los horrores de la guerra mundial, por un lado, y por el otro, de los dictámenes de «las sociedades poco evolucionadas» en las que «la Literatura no es considerada como una actividad seria». Pero «así como otras personas distraen sus ocios coleccionando sellos de correos… nosotros nos expansionamos haciendo literatura, ¡Y cada loco con su tema!».

En la primavera del 47, el régimen de don Tiburcio ha entrado en cuenta regresiva. Paniaguados se le acercarán: Siga Ud., mi General, que está como un roble; pero el astuto político ha visualizado que no existen condiciones internas ni externas para un cuarto período. Algunos promocionarán un sucesor a imagen y semejanza, impositivo, unilateral y que mantenga quieta a la oposición. Carías Reyes (nacionalista), Rafael Heliodoro Valle (liberal) se encontrarán entre los que activamente promocionarán un sucesor que posibilite el diálogo entre los viejos partidos adversarios y que haga factible la convivencia entre los hondureños. Carías Reyes se jugó la carta de su ejecutoría como Secretario

Privado, como sobrino tenido en muy alta estima por el gobernante y la de su ascendencia sobre los elementos Jóvenes del partido y así, fue notoria su influencia para que el sucesor de Carías fuera Juan Manuel Gálvez, cuya administración contribuyó notablemente a superar el rígido marco político que había prevalecido por 16 años.

Laurel postumo

Serían, más o menos, las dos de la larde cuando comenzó a circular la noticia. Alguien, no podemos precisar el nombre, nos la dijo en la calle: «¡Acaba de morir Marcos!... ¿Cuál Marcos? ¡Marcos Carías Reyes!» De momento pensamos que se trataba de una broma. Pesada y de mal gusto... ¡Pero era cierto! Marcos se había adelantado a la muerte y había corrido en su búsqueda. (Corresponsal. *Diario comercial.* San Pedro Sula).

Con asombro y perplejidad, a la vez que con profunda pena, se ha recibido en los círculos intelectuales de toda la América Latina la trágica noticia de la muerte del gran escritor hondureño doctor Marcos Carías Reyes, quien puso fin a su vida ayer a las 2 p.m., en el interior de su bella y apacible residencia de Tegucigalpa, disparándose un tiro de revólver en la sien derecha. (Diario *La Nación.* San Salvador).

Era el 24 de octubre de 1949. Tenía un poco menos de 44 años. Había estado de visita en la casa del General Carías, ahora expresidente. Había bromeado con los amigos. Después de comer y en su despacho «se acomodó en la silla donde él acostumbraba sentarse a pensar, y pensó y se abrazó a la muerte».

Quizás una primera huida para liberarse de aquellos barrotes grabados en su espíritu fue su viaje, de un mes, por países de Sudamérica, cuando era Ministro de Educación, en el gobierno de Gálvez. Se le criticó como «ministro viajero»; pero tal apreciación era poca cosa comparada con la calumnia que le había sublevado el alma. Y eso que tal vez lo hicieron por jugar a la política, por atacar a un presunto adversario, pero ¿qué calificativo podrían merecer (sus nombres que se los trague la tierra) aquellos que llevaron a una radioemisora salvadoreña toda la trama, en capítulos infamemente novelados (¿y cuál peor apelativo para los que compusieron la monstruosidad?) en la que se responsabilizaba a Carias Reyes del rapto y desaparición de una niña palestina? Pero también miopía en la gente política de su entorno, mucho más curtidos que él, que ante lo absurdo de la acusación le aconsejaban, simplemente, que no les hiciera caso a semejantes infundios. La puñalada gratuita ya le había calado la entraña. La especie hasta prendió en la imaginación popular, adonde quedó ambigua y agazapada. Al final, toda la duda, el país y su literatura se tragaron la vergüenza por la calumnia y a la vergüenza colectiva se reaccionó con el silencio. (Años después y desde otro círculo del mismo partido liberal, se acusó a Rafael Heliodoro Valle de traidor a la patria, para amargarle, sin perdón, lo que le quedaba de existencia).

A personas cercanas les había dicho que *Trópico* era su herencia. Esta segunda y última novela de Carías Reyes se publicó, póstumamente, en 1971. En *Trópico* hay dos protagonistas: Lorenzo Gallardo, trabajador de la bananera, cesanteado y comandante de un movimiento revolucionario imposible, y Mario Reyna, él mismo, un intelectual que hace acopio de recuerdos y reflexiones históricas sobre el destino común y sobre su propia existencia. Ahí vuelven a surgir las tramas familiares de su *Kaleidoscopio*, los amores platónicos y de carne. Vuelve una misiva de los tiempos de sus *Prosas fugaces*: «Amada mía: Suenan vagamente las campanas del recuerdo... En la soledad de mi espíritu, huérfano de grandes afectos y poblado de quimeras dolorosas, crece mi amor hacia tí... Me siento solo. Solo con el orgullo indomable que vibra en mi ser...» Vuelve otra vez, el hermano muerto que lo llama: («él introdujo repetidas veces el dedo dentro del negro boquete abierto por el proyectil») Vamos... Mario... en marcha... hacia un futuro mejor o más probablemente hacia la muerte. Sobre *Trópico* opinó Ventura Ramos que era «diferente a las demás obras del mismo género publicadas en vida del autor». Sus personajes actuaban de forma individual y no «como dirigentes obreros conscientes de su causa». Pero la denuncia es «tan realista que parece documento histórico».

Eran días de adioses. Su segunda posible huida, habiendo renunciado al Ministerio de Educación, era hacia la diplomacia. Se le ofreció París, el de sus horas felices, pero de una manera extraña, como escamoteándose a su destino, escogió el Consulado de Nueva York, para que sus hijos aprendieran el inglés. Despedidas: «En un patio en que Tegucigalpa concentra flores de fuego inoïdas, una tarde nos reunió Diego Manuel Sequeira, ciñéndose

su mejor diadema rubendariana», recuerda Rafael Heliodoro; «hace apenas quince días que la Asociación de
Prensa Hondureña, el Instituto de la Lengua Española,
destacados miembros del Magisterio Nacional, elementos de distintas instituciones, componentes de la sociedad capitalina y de otros gremios, tributamos un cálido
homenaje de despedida en ocasión de su frustrado viaje
a Nueva York, al gran escritor nacional», recuerda Florentino del Cid: «Por los parlantes de HRN, en el Parque
Central, se escuchaban capítulos de *Trópico* y Lorenzo
Gallardo denunciaba la explotación bananera cinco años
antes de la gran huelga. Carías Reyes, como postreras en-
tregas, había venido publicando su serie de *Los Ilustres y
trágicos Ramones*, cuyas vidas las mareó un hado nefasto:
Ramón Rosa, Ramón Reyes, Juan Ramón Molina, Ramón
Ortega, Ramón Padilla Coello», «efebo por su juventud
risueña, despreocupada y báquica» pero en manos de la
Gran Silenciosa, por aquel signo desconsolador, «cuando
apenas había escapado de la adolescencia». Pero la Gran
Silenciosa que a él le rondaba para viajar juntos no era de
papel. Con la casa prácticamente desmantelada y los pa-
saportes en regla, el suyo y el de su esposa conjuntamente
con sus cuatro hijos menores: María Guadalupe, Marcos
(el que esto escribe), Mario y Gloría, fue la muerte la que
les puso el sello.

Laurel postumo es un libro-homenaje de 150 páginas,
editado por la Asociación de Prensa Hondureña a un
año del desaparecimiento de Carías Reyes. Es un libro
singular en la historia literaria hondureña, una elegía
colectiva que testimonia el hondo aprecio hacia el escritor
y hacia la generosidad de su figura humana. Firman,

con sus trabajos, *Laurel póstumo*: Rafael Heliodoro Valle, Alfonso Teja Zabre, Julián López Pineda, Carlos Izaguirre, Jorge Fidel Durón, Humberto López Villamil, Pedro Rivas, Romualdo Elpidio Mejia, Manuel de J. Bueso, Juan Ramón Agüero, Gerardo Gallegos, Luis Alemán, Alejandro Castro h., Lucas Paredes, Claudio Barrera, Emma Moya Posas, Francisco Alemán, Rodolfo A. Hernández, Juan Dávila Solera, Juan Ramón Ardón, J. M. Ramírez Díaz, José Francisco Martínez, Rosendo Martínez Ferrera, Enrique F. Pérez y Coronado Rivera. Incluye las oraciones fúnebres pronunciadas durante el sepelio por Céleo Murillo Soto. Julián R. Cáceres y Florentino del Cid. También las expresiones de condolencia de la prensa: *El Imparcial,* de Guatemala; *La Epoca, Prensa Libre, El Pueblo,* de Tegucigalpa; *La Nación,* de San Salvador; *Diario Comercial,* de San Pedro Sula.

Laurel póstumo presenta algunas facetas de Carías Reyes como escritor. Y en primer término el «*Kaleidoscopio* Autobiográfico en Prosa Inarmónica». Inarmónico, el movimiento perpetuamente inacabado de su vida al igual que esta cronología, a la que aún se le podrían aportar datos: su visita a Juana de Ibarbourou, en Montevideo, en 1933; su firma, como delegado oficial de Honduras, en la Carta de las Naciones Unidas, San Francisco, 1945; su participación, allá por 1928, en la organización de la Federación de Estudiantes Universitarios de Honduras; sus aún no coleccionados ni repasados, además de ser muy numerosos por cierto, artículos políticos y de ocasión, metidos en el tráfago de las luchas partidarias y que publicaba con seudónimos, entre otros, Rodolfo Villalobos o Santos Vega. En su primavera del 38, en su *Kaleidoscopio inarmónico*, había hecho ya recuento armonioso y al mismo tiempo sólido de lo que, para vivir, lo fundamentaba:

> *Amo la belleza. Esta pasión se traduce en afecto por lo grande, lo noble, lo exquisito, porque eso es belleza. Y en desprecio, sereno desprecio por lo innoble, lo maquino, lo rastrero.*
>
> *Detesto las cárceles del espíritu. Me gusta ser libre ante el prejuicio, el valor convencional y la verdad consagrada.*
>
> *Amo mi libertad moral. La amo internamente, celosamente, sin claudicaciones, sin menoscabos.*
>
> *Soy ecléctico. No creo en lo absoluto. Ni en la verdad absoluta, ni en la absoluta razón. Soy un solitario espiritual y amo también, a veces con vehemencia, la soledad material. ¡Es tan bella! Soy un introspectivo.*
>
> *No alimento odios, ni rencores, ni envidias. Pero siento un sereno e intimo desprecio por lo sórdido, lo abyecto, lo brutal. Me gusta ser bueno por ser bueno. La bondad no necesita explicaciones.*

Marcos Carías Zapata

Tegurigalpa, diciembre de 1995

TRÓPICO

MARCOS CARÍAS REYES

COLECCIÓN CLÁSICOS
CENTROAMERICANOS

1948

CASASOLAEDITORES

—I—

ORO VERDE

Barbarie solar. Cae la luz a chorros bravos, lacerantes, crueles.

Cae la luz con especie de rabia, de apetito contenido mucho tiempo, de brutal desahogo. Mediodía y canícula. Connubio de ardores en la zona norte, por la vasta extensión costanera de Honduras, sobre el Atlántico.

La línea férrea se pierde enfrente, dentro del infinito. Forma una tangente que, diríase, llegara hasta el final de la superficie terrestre horadando la selva espesa, donde rastrea la víbora, cruje la hojarasca bajo la planta del tigre y musicalizan las frondas en el trinar de las aves.

Cáceres ríe abiertamente. Con un estrépito de hombre sano y fuerte. Las doscientas libras de carne que forman su cuerpo se estremecen con la nerviosa convulsión de su risa estridente. Una bandada de periquitos parleros alza el vuelo desde un seto vecino. El moreno que lleva el motocarro, estupefacto, vuelve la cabeza inquiriendo, abre mucho los ojos y se insinúan sus dientes de coco con esa timidez que es característica en ellos. Apenas siento el contagio de aquella ruidosa alegría de mi gran amigo, y pienso:

—Si este condenado carro perdiera el control, ¿adónde iríamos a parar?

Todo mi cuerpo se estremece ante la macabra visión. Fugazmente pasan ante mí las cosas a ambos lados de la línea, mientras siento arder las mejillas y la cabeza sobre las cuales cae el sol de plano. Avanzamos con una rapidez inaudita; el viento me da en la cara briosamente; empiezan a tostarse mis brazos desnudos, pues el calor insoportable nos obligó a quitarnos las blusas y para no perder mi sombrero debo llevarlo en la mano. Cáceres refunfuña: —Maldita la hora en que tomamos este carro descubierto. Sin duda fue el primero que vino al país. Y yo comento sólo para mi: *Cuando llegue a Tela estaré ridículo. Herlinda se reirá de mí, también Toño y los muelleros, pero sin pasar mucho la broma porque los aviento al mar.*

Si éste... ¿Cómo quedaríamos? Un segundo mortal, un salto, tres alaridos. Y después, pedazos de hombre, carne triturada y sangrante; un brazo, una pierna por aquí; allá una cabeza deshecha con un ojo intacto quizás, inmóvil, fijo, como charcas oscuras que hay debajo de los matorrales. Los dientes del moreno, tal vez limpios y brillantes. Allí quedaríamos hasta que los zopes terminaran con nosotros, porque estamos en un lugar solitario de la línea. Cuando alguien viniera no podría identificarnos. Nos habría tragado el bananal enorme, misterioso y voraz.

Procuro disipar estas terribles visiones y pienso en Herlinda. Me aferro a su recuerdo cual si fuese un ánfora bendita. La veo, dos años antes, en la playa de Tela, en aquel momento en que, desesperado, iba a hundirme en el mar, dispuesto a entregarme a las olas, a tragar agua para que más tarde recogieran en la orilla un cadáver mordido y desfigurado por los peces. Hambreaba entonces. Hambreaba de tal manera como si fuese un condenado a quien se le debieran todos los dolores del mundo. Como si fuese Judas el traidor o el maldito Judío Errante.

Frente al muelle estaba el barco de la compañía frutera. Abajo nos apiñábamos los hombres esperando nuestro boleto. Éramos de quinientos a seiscientos, a veces más. No todos conseguían trabajo. A mí me tocó muchas veces esta lotería del hambre. Mientras mis compañeros se alineaban en la fila para cargar los racimos, yo me hacía a un lado amontonando paciencia y viendo entrar fruta por los costados del barco. Imaginábalo un insaciable, un inmenso monstruo marino. Él también tenía hambre. Millares y millares de bananos se perdían en aquellas bocas. Las máquinas cargadoras no descansaban un segundo, desde las cuatro de la tarde hasta las cuatro de la madrugada. Los que tenían suerte para conseguir enganche estaban después tirados en el muelle, molidos de fatiga pero contentos con sus reales. Podían ir al Puerto, comer, embriagarse, llegar a los burdeles, bailar al son de las ortofónicas. Nosotros, los que no pudimos conseguir trabajo en ese embarque debíamos llenar el estómago con algo de fruta verde o magullada de los innumerables racimos que arrojaban sobre el muelle por inútiles. Sentíame fastidiado de esa vida mísera y busqué la playa, con siniestros designios. Estaba bajo los cocoteros, frente al inmenso mar cerúleo. Allí cerca, a cinco pasos de mí, paria de la fortuna, se alzaban residencias confortables, con telas metálicas, con refrigeradores, con abanicos eléctricos, con mosquiteros. Allí sí valía la pena vivir, pero donde estaba yo, tendido sobre la arena, con el estómago en un hilo, no tenía gracia. ¡Bendita poesía del mar sonoro, bajo el cielo enjoyado! Bendita poesía para los enamorados jóvenes, para los ricos, para los soñadores que no desfallecen de hambre, ni andan con los zapatos rotos. Yo sólo veía una inmensidad vacía y desolada, como vacío estaba mi bolsillo y desolado mi corazón.

Más que todo sufría de hambre espiritual. Podía armar un anzuelo y trabajar por mi alimentación restándole bichos al mar, como lo hacen los muelleros y lo hice yo muchas veces, aunque tanto pescado me daba náuseas. Pero aquella horrenda soledad en que mi alma vivía, aquella espantosa nada que me rodeaba, aquella sensación de orfandad y aislamiento constituían mi mayor tortura.

Apenas recuerdo cuántos años hace que abandoné mi casa maternal, el rincón bueno y caliente del barrio Abajo donde gritó la santa mujer que me engendró, en una noche de marzo mientras se encendía en los cerros vecinos el fuego de las quemas. Sé que vine a la costa norte maltrecho y convaleciente de heridas que recibiera en la guerra civil. Porque yo fui héroe. Sí, Lorenzo Gallardo, hijo de la entraña de Tegucigalpa, donde hay tanta sangre roja en las venas y tanto sol en el cielo, fue héroe. Aún recuerdo las palabras con que se alababa mi valentía. Y no olvido los «no se puede... vuelva enseguida», respuesta seca y rápida que servía a mis antiguos jefes, convertidos en ministros, para matar mis esperanzas y mi fe en los hombres y en las promesas. ¡Ah, mis jefes! ¡Si yo quisiera decir cómo los vi en la línea de fuego... o por qué no los vi! ¡Si yo quisiera contar los chismes del campamento! Ellos me ordenaron matar compatriotas y no quisieron aplacar mi hambre.

Pero... qué más si me hicieron héroe, héroe aunque haya estado en trance de reventar de hambre doscientas veces; aunque hube de recibir en las nalgas los puntapiés de los capataces; aunque me vea obligado a tostarme en este horno de la costa, cuyo nombre no importa, porque todos son iguales.

Todos iguales. Desde Cuyamel hasta Iriona, el mismo paisaje con distinto rótulo. Nombres, nombres. Recuerdo que un amigo trashumante, de esos que viajan como fogoneros en los barcos, estuvo en New Orleans, y vino de allá con la boca llena de rascacielos, de trenes, de cafeterías, de restaurantes y ¡qué sé yo!; Cáceres le replicaba siempre: bananos, puros bananos. Como si esas palabras no tuviesen explicación para mí, hube de pedirla a su autor y él me la dio complaciente: ¡No seas tonto, hombre! Todas esas maravillas han sido construidas a puro banano. Allí está el oro verde de Honduras... El oro verde de nuestra tierra.

Este Cáceres es un talento y un sabio. Para algo estuvo diez años en la escuela antes de hacerse maestro; y por algo hambreó con su profesión otros treinta. Él con título y yo ignorante, somos iguales. Los dos hemos hambreado. ¡Absoluta, innegable, rutilante igualdad!

Corocito, Planes, Aguán, Tibombo. Cuántos nombres a lo largo de las líneas de hierro. Cuántos que yo sé de memoria, aprendidos en mis peregrinaciones interminables. El paisaje es monótono: inmensos mares verdes, pero no el verde profundo donde se hace maravillas la espuma de las olas, sino el enfermizo de las hojas de plátano, donde se enrosca el barba-amarilla, ronronean los mosquitos y se alimenta el zancudo. Más allá, fuera del límite de los

43

bananales, está la montaña virgen, la selva impenetrable y tenebrosa, refugio de revolucionarios y de criminales. Estos últimos con mejor suerte que los primeros, también encuentran en los campos una madriguera perfecta. Confundidos en medio de muchedumbres de cinco a seis mil hombres, desfigurados por tremendas cicatrices, o por los desfallecimientos del hambre y las torturas de las fiebres, vuélvense otros seres. Ni el perro de garra más astuto, con título de inspector, los encontraría, si ellos mismos no se encargaran de entregarse cualquier día a la justicia de los hombres, en las inevitables reyertas domingueras, cuando se llegan al pueblo a gastar el salario de la semana.

Pueblos del norte: vosotros estáis grabados en mi agenda con inconfundibles perfiles. Algunos son tan míseros como las tristes aldeas de los valles caliginosos del interior: cuatro casas de adobe, tétricas fondas con tufos de hotel, cantinas, billares, y la insustituible mesa de juego.

Yo, héroe y paria a la vez, no me quejo ni maldigo el juego. A él debo muchas veces mi comida, y a él he pagado el tributo de mi sangre cuando alguna daga filosa encontró albergue en mi cuerpo. En Tegucigalpa derrochaba mi dinero en los estancos del barrio Abajo o de La Hoya, en las canchas de gallos de Comayagüela y a veces, que no siempre nos sonríe la fortuna, en las chicherías más asqueantes, en promiscuidad que me avergüenza, con mozos de cordel.

En la costa, el principal atractivo lo constituye el dado. Y cuando uno llega de los campos con el horror del suampo y del jején pintado en el rostro, todo lo olvida en una mesa donde rueda el marfil o el hueso, que ambos son buenos para ganar.

Por eso no maldigo el juego, porque le debo más de una buena parranda, más de una sabrosa merienda, y también más de alguna hembra complaciente, de piel blanca o morena.

¡Ah!, ¡los morenales! Los morenales que han sido testigos de mi hambre, de mi desolación, de mi rebeldía; los morenales piadosos donde el cazabe acalló el grito de mi estómago vacío; los morenales acogedores donde la noche me brindó todas sus complicidades y sus desvergüenzas; los morenales que incuban la prostitución y el contrabando: yo los he visitado todos, los he recorrido todos, desde el Cabo hasta el Motagua. ¡Ah mis inolvidables noches de paria, mis noches de perro vagabundo, mis noches pobladas de luceros! Benditos luceros que alumbraron mi soledad.

Remé en las canoas de los zambos de Caratasca, vi el ganado salvaje en las pampas de La Mosquitia, afronté los rápidos del Patuca y del Segovia. La selva y el mar oyeron mi relincho, ambos viéronme morder en la pulpa del sexo. Morenitas de Cristales, de Tornabé o del Triunfo: morenitas que en mis brazos dejaron su virginidad salvaje y su olor profundo.

* * *

Hoy, mientras el viento me castiga el rostro con latigazos bruscos y el sol me irrita los ojos, los ojos que no se han cansado de ver tanta porquería o tanta belleza, amontono recuerdos, como el avaro amontona monedas.

Mis únicos tesoros son esos recuerdos que me dejan en el alma, como las frutas en la boca, zumos acres o mieles dulces. Para mí son iguales. Quiero a los malos como a los buenos, porque todos me ayudan a vivir, a soñar, a querer o a odiar. Ellos forman mi vida: vienen de algo que me ha forjado, que me hace ser más bueno o más cruel, que me hace hombre contribuyendo a iluminarme la mente.

Ahora, mi imaginación viaja más lejos, a los días anteriores a la guerra civil, a los tranquilos años de la infancia. Yo fui el muchacho de Tegucigalpa que, en la semana, sólo va dos veces a la escuela pública, pues dedica el resto de los días a los cerros y, en especial, cariñosamente al río. El río era para mí como un hermano mayor. Así lo quería. En los primeros tiempos, cuando Juan Henríquez, mi compañero de grado, ducho en el arte de huir del colegio, tiró una vez su bolsón dentro de un solar, anunciando a gritos: «hoy no hay escuela que valga... vamos al río», yo sentí un temblor nervioso; un calofrío me erizó el pelo y automáticamente coloqué mi salbeque gris sobre una repisa de piedra pensando recogerlo al volver. Mi emoción a la corriente fue indefinible. Me costó decidirme a desnudarme. El miedo, el pudor, la dignidad, todo me cohibía. Juan dejó su blusa raída y sus pantalones con cachirulos encima de un peñasco, y resuelto, ágil, sonriente, se lanzó al agua. Un momento después nadaba con gran brío en la poza glauca. ¡Cuántos años de todo esto! ¡Qué lejos mi casona del barrio Abajo, su patio con naranjos y sus aleros! ¡Qué dulce, a la distancia, el rostro de mi madre!

Un golpe en la espalda me saca de esta especie de somnolencia.

¿Qué? ¿Quién me ha pegado? ¿Acaso fuiste tú, Juan? No. Ya no son aquellos días. De pie en el estribo del motocarro, Cáceres me mira con ojos burlones y vuelve a reír.

Luego calla y me contempla largamente. Le sorprende que esté absorto, que no me interesen las locomotoras que pasan a nuestro lado, ni los gritos de los conductores, ni la jerigonza infernal de los morenos. Los dientes del negro que viene con nosotros han terminado por aburrirme. Ni el bananal enorme, océano de malaria, me atrae. Vivo en el pasado. Vivo en el pasado...

La muchacha estaba de pie, graciosamente recostada en una palmera. Yo la había visto muchas veces, casi siempre en el cruce del puente, viniendo de Tela Nueva. Con sus trajes ligeros y blancos por lo regular, su sombrilla, su paso lento, era una figura atractiva. El primer día, recién llegado de San Pedro Sula, con buenos dineros en el bolsillo, con ese aire de dominio que dan los *green-backs*, yo la había saludado, afectando cortesía. El *buenos días*, de ambos, rubricado por una sonrisa natural en ella y forzada en mí, fue rápido. Después la encontraba con frecuencia. La veía, hasta la contemplaba a veces; otros días, pasaba junto al grupo de amigos sin que yo me diera cuenta, pues iba enredado en cualquier discusión o quizás la fuga de mis billetes y la falta de trabajo me volvían ciego ante la insinuación de su cuerpo fresco. Entre todas las caras que se fijan y se borran alternativamente en nuestro recuerdo, la de aquella muchacha cuyo nombre no me había interesado en saber mantenía su dibujo con alguna persistencia. Y los días corrían.

Mi último dólar había desaparecido en la cantina del Balderach, los cartuchos hay que quemarlos bien. Sólo me quedaban cinco billetes...; lo suficiente para que un hombre prudente pueda comer durante muchos días en el mercado. Pero yo detesto esos comedores. Después de los años que llevaba arrogantemente vividos, siempre con monedas que tirar, mientras no me faltó mi buena moza, mi buen trago y mi buena pistola no iba a enlodarme junto a la peor escoria que se harta en los comedores del mercado. De chico, cuando iba al colegio y me detenía a tomar una minuta, veía con asco las mesas de la plaza de «Los Dolores» donde estaban sentados los jalatercios, borrachos de chicha, bebiendo caldo de olla y comiendo morongas fritas. Entonces no sabía lo que es el hambre, ni lo sabía tampoco cuando tiré mi último dólar, bien chispo en el mostrador del hotel de Tela.

Amanecí echado en mi cama, vestido. El cuerpo trasudaba coñac y burdel. Casi sentí asco. No sé si era la goma o un resto de pudor que quedaba en mi conciencia. Busqué en la bolsa. Ni un *green-back*, ni un búfalo. Bajé y le di mi pistola al dueño. Era una magnífica 45, la misma con que tumbé a Pablo Gómez en la zafra de La Lima. Yo le tenía mucho cariño a mi pistola, más cariño que a una mujer o a un caballo. Pero debía el hospedaje, y necesitaba un trago. El propietario tomó su dinero y me dio algún cambio. Mi pistola quedaba bebiendo agua por la tercera parte de su valor. Cuando la vi hundirse en la gaveta recordé un naufragio. Pero dos buenos coñacs me curaron de sensiblerías y salí a la calle como nuevo.

El sacrificio de mi 45 me sirvió para comer y beber tres días más. Enseguida vino la catástrofe. Empezó a manifestarse en la mugre que cubría mis trajes blancos, que ya no lo eran. Mis propios humores me daban náuseas. Iba todos los días a Tela Nueva, a las oficinas de la Compañía, a buscar trabajo. El aspecto risueño y satisfecho de los empleados de allí aumentaba el horror de mi situación. Busqué el muelle como último recurso. Diez, veinte, cien mil tallos pasaron por mis hombros, untándome con su leche pegajosa. Los barcos escaseaban. En vez de cuatro como antes, apenas venían dos a la semana. Después quedó llegando uno cada sábado. Su ancla sí que pudo llamarse de salvación para los hombres que pasábamos nuestros días en el muelle, viendo hacia el mar. Los embarques fueron menos grandes. También el *trust* sufría crisis. Y muchas veces no había cheque para todos, a lo sumo la mitad lograba meter sus espaldas para llenar el vientre del barco. Y los demás nos llenábamos los nuestros con maldiciones.

¿Por qué me obsesionan tanto estos recuerdos? Quizás por ella. No era la primera vez que me veía en una situación apurada. Trances más difíciles me marcaron de cicatrices el cuerpo y de dureza el alma. Ahora pienso en lo que pude ser siguiendo la ruta clara que me quiso dar mi padre. ¿Mi padre? Su rostro está nuevamente en mi retina. ¿Era así o he agarrado una imagen cualquiera? Las buenas intenciones de mi padre sólo duraron mientras fue soltero y venía a casa todos los días. Cuando se casó no nos volvió a ver. Y mi madre y yo rodamos... fuera de la senda clara que él, una noche de amor satisfecho, nos trazara con sus palabras agradecidas hacia la hembra que quiere, sufre y calla.

Dos sábados me quedé sin cheque. El tuerto Ambrosio

compartió su ración y su trago conmigo. Ya no le hacía caras a la comida del mercado ni me quemaba el guaro la garganta. Casi niño iba con los grandes a las paseadas. Allí corría el guaro, de estanco en estanco, entre canción y cuchillada. Pero buen guaro, no esta cususa infernal que tragaba sin hacer un gesto para no disgustar al Tuerto y perder su protección. Cuando me veía pensativo, me decía: Sé hombre. Hombre, ¡vaya! El creería serlo porque estaba satisfecho con meter la espalda al racimo, recibir su paga, hartarse y emborracharse continuamente. Nunca había llevado una vida mejor y no aspiraba ni a ser capataz de finca. Pero yo sí que necesitaba ser hombre para resignarme a aquel puerco vivir de escorias humanas. Necesitaba ser muy hombre. Y busqué la playa.

Ambrosio había discutido con un gringo, se le subió a la cabeza la cususa y le envió dos puñaladas. El gringo era delgado y ágil y con un par de saltos de gato las esquivó y se fue corriendo con la chaqueta blanca, cortada. Vinieron los soldados y a culatazos refrescaron la cólera del Tuerto. No pudo este volver al muelle y se largó a los campos. Quiso llevarme. Vamos, me decía. Vamos a las guanchías. Pancho Cruz es *time keeper* y es amigo mío; encontraremos trabajo. Los campos, las guanchías, el sol a plomo, las plagas, el barba-amarilla, los suampos, la montaña espesa, la montaña implacable donde blanquean los huesos de hombres fugitivos de los tribunales o del hambre en las picas que ellos se cansaron de ir rompiendo. La montaña, el barba-amarilla... no fui.

Vagué por la playa, llegué a la orilla, me mojé los zapatos, volví a vagar, miraba como idiota las casas de los gringos, las confortables casas donde encuentran albergue quienes sirven a las compañías fruteras; recordaba mi casita de Tegucigalpa... y otras, y otras en tantos sitios.

Más de uno tuvo para mí cariñoso alero. Ahora mi techo era el cielo, y mi porvenir.... Hice un movimiento brusco, me despojé de la blusa, tiré el sombrero, marché resueltamente hacia el mar. Muchas veces me había hundido en su seno móvil. La frescura del agua era un buen tónico y avanzaba bastante. Iría más, más adentro, no oiría los gritos de los muelleros, no nadaría, aflojaría los brazos y me dejaría tragar. Iba resuelto... De pronto la ví.

Estaba a cuatro pasos de mí, graciosamente recostada en una palmera. Abrió su boca y la sonrisa me pareció un arcoíris. No se movió, no hizo ningún ademán. Miraba y sonreía. Cuando oí su voz pensé en una resurrección.

—Triste —me dijo.

No sé si se acordaba de haberme visto, no sé si conocía la miserable vida que hacía desde algunas semanas. Yo había acabado por huir de los sitios donde encontraba gente satisfecha y bien vestida, como la calle principal y el puente. Tampoco sé exactamente si pensaba en ella. Creo que no. Quizás su imagen había quedado en mi memoria como algo confuso, como el humo de un vago sueño. Quizás ella me había visto antes, sin mirarme. Yo no sé si fue valor el mío al acercarme o fue miedo de morir o fue un pretexto. No sé nada. En tales instantes se procede como autómata. Uno no es sino un juguete del azar.

—Triste —repitió; su voz era suave y velada por disimulos de piedad.

—Sí, muy triste. Más que eso, desesperado, cansado, hambriento.

En mis oídos se confundían mis palabras con el sordo golpe de las olas, creía que daban en mis sienes, sí, en mis sienes, pero lo que golpeaba era mi sangre.

—¿Desesperado? No tiene trabajo, ¿verdad?

—Usted lo ve. Si tuviera no estaría aquí pensando en ahogarme.

—Pero ¿usted iba a ahogarse, decididamente?

Creí que se mofaba. Sentí rabia. Tuve impulsos de arrastrarla conmigo al mar, así vestida de rosa, grácil y alegre como estaba. ¡Qué bien se vería muerta! *Mañana*, pensaba, *las olas nos arrojarán a los dos sobre la playa y cuando nos recojan dirán que éramos novios o amantes.*

Sin duda tuvo miedo porque, por primera vez, se movió. Hizo ademán de largarse.

—Quédese. Se lo ruego.

Era la vida que gritaba. La vida que aun en el mísero cuerpo de un paria vencía a la muerte.

—Me quedaré, pero cálmese.

—Sí, ya estoy tranquilo, ya no me mataré. Viviré de cualquier modo. Como sea, pero viviré.

El oleaje golpeaba menos. Bajaba la marea. ¿La marea? Sí, la de mi sangre. Cierta placidez se iba apoderando de mi ánimo y mis fuerzas languidecían. La tensión nerviosa sumergíase en un remanso; parecía que se hundía en un lago de olvido, de paz. Me senté en el tronco de un cocotero derribado por el huracán. Yo también lo estaba. Me senté y caí en una especie de sopor.

Se había quedado de pie. Sabía que sus ojos me miraban con una piedad infinita. Luego la sentí acercarse; su falda rozó una de mis manos; una fragancia natural y femenina me penetró. Sentóse a mi lado.

—¿Cómo se llama?

—Lorenzo Gallardo.

—¿De San Pedro?

—No, de Tegucigalpa.

—Yo me llamo Herlinda Díaz; no somos de aquí, pero casi. Mi papá se vino hace muchos años con todos. Yo nací en Choluteca. ¿Hace mucho que no trabaja?

—Sí, más de tres meses.

—¿No tiene familia?

—No. Soy solo.

Por primera vez, desde hacía tanto tiempo yo sentía algo como dicha. En suma, estaba contento, pacificado. Hizo un mohín y se levantó.

—Se hace tarde, debemos regresar.

¿Regresar? A la par de ella, yo, sucio y roto, yo que volvía del seno del mar, yo que era casi un suicida. Caminamos unos pasos y me detuve.

—Un momento. Tengo que decirle adiós. No puedo ir por el puerto con usted, en esta figura. No sería bueno.

—¿Y por qué no? ¿Qué de malo tiene? Somos amigos. Eso basta.

¡Amigos! Y nos acabábamos de hablar.

—No. Iré por otro lado. Muchas gracias. Usted me ha dado valor.

—¿Yo?

—Sí, usted. La veré cuando tenga trabajo y ande limpio.

—Bueno, entonces, hasta luego. Y ¡cuidado! —añadió con aquella sonrisa que me había parecido un arcoíris.

La miré alejarse lentamente bajo las palmeras, cruzando Tela Nueva. Antes de doblar una esquina se volvió y me saludó con la mano.

La mía trazó en el aire un signo de esperanza... ¿Esperanza? Para los que hemos hambreado esa palabra tiene alguna significación.

Recogí mi blusa y mi sombrero y me dirigí hacia el puerto. Había oscurecido. Las luces de Tela Nueva brillaban en mi camino con nuevos fulgores. Al pasar frente al *Mess Hall* me detuve un instante. Adentro se movía bastante gente, la clientela habitual: los norteamericanos estaban en mayoría y muchos hondureños empleados de la compañía o del Gobierno. Se veían también algunas mujeres. Todos hablaban alegremente, bebían y reían, casi siempre a carcajadas. Pensé con nostalgia en mis buenos tiempos, cuando el whisky o el ron no escaseaban. Iba a seguir, pero vi dibujarse en el vidrio de la puerta una silueta conocida: Mr. Morgan, superintendente de la división de Tela, que salía con un grupo. Le pediría trabajo. Con él podía atreverme sin esperar una respuesta grosera o un portazo. Entre los empleados yanquis de la frutera, que yo conocía en mis años de experiencia en la costa norte, Mr. Morgan era quizás el mejor por su temperamento alegre y modo franco. Además debía de recordarme, porque estando él en La Lima yo fui su guardaespaldas. De entonces tengo bien presentes dos episodios: cuando asaltaron el tren y mataron al pagador y cuando un *time keeper*, bebido, disparó sobre nosotros por haberle dado Mr. Morgan un puñetazo. Poco faltó para que nos acribillara.

Esperé. Salió el grupo; algunos caminaron para el lado del hospital; otros, con el superintendente, se dirigieron hacia las oficinas de la compañía. Seguí cerca de ellos y cuando Mr. Morgan, el último, iba a entrar, lo llamé de la escalerilla.

—*Hello, Mr. Morgan.*

—¿Quién es?

Me acerqué, sin que él desconfiara.

—Oh, es usted Lorenzo. ¿De dónde sale?

—De rodar, Mr. Morgan; sin trabajo. Le ruego me ayude por ahí.

—Tome estos cinco dólares.

—Gracias, Mr. Morgan, pero lo que deseo es que me ocupe o me recomiende.

—Bueno, aquí hemos dado de baja a mucha gente por que el negocio está malo... malo, hombre. Pero por Cortés sí hay bastante trabajo. Venga a verme mañana.

—Mil gracias, Mr. Morgan.

En el puente, tomando el fresco de la noche, hallé a varios amigos. Me detuve con ellos y Juan el *Canche* me dijo:

—¿Sabías que este puerto se va al plato?

—No, ¿por qué?

—La compañía está sacando la fruta por Cortés. Aquí ya no vendrán barcos. Esto se morirá.

—Y qué será de esta gente?

—Pues, yo qué sé; preguntale al Gobierno, a la compañía, o a ellos mismos.

—Pero si vos sos uno. ¿Qué pensás hacer?

—Por ahora nada.

—¿Y entonces?

Luis García, a quien llamábamos Luisín terció:

—Pues éste no se preocupa porque como está amachinado con Juliana, lo sostendrá ella. Bien viven los dos con el estanco.

El *Canche* se picó y le dijo a gritos, después de arrojar su mascada:

—¿Quién te mete en lo que no te importa?

—¿No sabe todo el mundo que ella te mantiene? Juan se tiró del pasamanos.

—Volvé a decir eso, desgraciado.

Las cuchilladas venían ya. Hice seña a los otros, e intervenimos.

—No peleen. Vamos a echarnos un trago. Yo convido.

El *Gordo* Alfonso evitó el velorio. Fuimos directamente a casa de Juliana. Al pasar frente al cuartel oímos gritar:

—¿Quién vive?

—Honduras —dije yo.

—¿Qué gente?

—Paisanos.

—Avancen.

Seguimos caminando. Yo estaba sorprendido e interrogué a Luisín.

—¿Qué pasa? ¿Por qué dan el quién vive?

—Dicen que viene la bruta.

—Pero ¿cómo?

—¿Dónde has estado? ¿Venís de la Juna?

—No sé nada.

—Pues dicen que por Olancho y Santa Bárbara se han agarrado con el Gobierno.

—¿Y qué más?

—Nada más.

La bruta... La revolución. Pero, efectivamente, como dijo Luis García: ¿Había estado yo en la Juna? No. Venía de platicar con la muerta. Regresaba del más allá dando de narices en la realidad de la vida paisana. Una mujer, la gente alegre del *Mess Hall*, los yanquis, Mr. Morgan, el trabajo en Cortés, mis amigos, la guerra.

¡Esto sí que era vida!

En el estanco de Juliana bebimos bastante. El *Gordo* Alfonso, que hablaba como la gente bien, trajo unos chicharrones y dijo a los otros:

—Tomen buena boca.

Y se volvió hacia mí, agregando:

—Tu no has almorzado, ¿verdad?

—¿Cómo lo sabés?

—Bah, hombre, para eso soy experimentado.

Fue al interior y me trajo un hermoso plato en el cual, entre otras cosas, vi ostiones y cascos de burro.

—Me vas a indigestar, *Gordo*.

—Ponles limón, con el trago te caerán bien. Necesitas fortalecerte porque esta la seguimos.

El *Canche* y Luís habían olvidado completamente su reciente disputa. Como eran buenos amigos, el aguardiente, en vez de excitarlos a la riña, los reconciliaba. Dos horas antes podían haberse sacado las tripas. Así son las cosas en esta costa. Sentados en la misma banca, borrachos, se abrazaban y reían. El *Canche* decía:

—¿Quién te dijo, tullido, que esta es mi querida?

Señalaba a la estanquera.

—¿Y dónde creés que estamos? ¿No se sabe todo aquí?

Alguien gritó:

—¿Qué tal es?

—¿Qué? ¿La boca?

El *Gordo* se ahogaba en una carcajada diciendo:

—Juliana, Juliana.

Otro dijo bajito:

—Sabrosa, sabrosa.

El *Canche* casi no oía abrazando a Luisín, quien me hacía pícaros guiños con los ojos mostrándome a Juliana que iba para el interior.

La vi y no me moví de mi silla.

Fui a ver a Mr. Morgan por la tarde. Para poder presentarme me quedé encerrado en el cuarto del *Gordo* Alfonso, mientras la mujer de este me lavaba mi único traje.

Cuando estuvo seco y aplanchado, salí casi rejuvenecido. La navaja del *Gordo* me quitó diez años y en su misma habitación encontré betún para dar brillo a mis zapatos. Me presenté en la oficina. Guillén, un mecanógrafo hondureño, mirome de arriba a abajo y con gran arrogancia me disparó esta pregunta:

—¿Qué quiere aquí?

Este se cree dueño de los millones de la compañía —pensé.

—Busco a Mr. Morgan.

—Está muy ocupado. Vuelva después.

—Él me dijo que llegara ahora.

—¡Que está ocupado, le digo! —tronó el paisano.

Yo pensé en mí 45.

—Pero sí él me dijo...

—Retírese. No moleste más.

Salí. Todo el sol de Tela se me había metido en la cabeza. Principiaba a ver rojo. Un incendio alumbraba el mar lleno de bateas pescadoras. El follaje de los cocoteros también volvíase rojo. ¿Qué pasaba? Otra vez sentí golpear en mis sienes un oleaje bravío. Me detuve un instante frente al campo de tenis. Enfrente, a través de las mallas, ví a don Goyo. El me vió también, dió la vuelta y luego llegó junto a mí.

—Bueno, ¿qué haces aquí, Lorenzo?

El aire fresco que venía del mar me hacía bien.

—Nada, don Goyo, iba de paso.

—El sol está cayendo, ya es hora del aperitivo. Vamos al *Mess Hall*.

—Vamos.

Una palabra. Una sola que yo pronuncié con más arrogancia que la gastada por Guillén al echarme de la oficina. ¡El *Mess Hall*! Las cosas se componían. ¡Cuántos meses hacía que yo no entraba allí! Pero don Goyo era un tipazo. Si todos en la costa fueran como él. Amigo, verdadero amigo; su bolsillo estaba abierto para sus compañeros, su palabra lista a la defensa de los que eran víctimas de una injusticia o de una grosería. Yo le tenía un gran cariño y el suyo nunca desmintió. Ojalá estuviese adentro Guillén. ¡Ah, perro!

Fuimos al mostrador. Vi caras conocidas. Algunas me sonrieron. Una vieja yanqui, medio borracha, me dijo:

—*Hello, boy.*

Don Goyo ordenó:

—Dos coñacs.

Tomé. Repetimos. Sentíame un poco turbado, algo amoinado, como dicen los muchachos. Me venía a la mente la humildad del perro. El ruido crecía a mi alrededor. Una rubia muy simpática reía desaforadamente. Había tomado muchos jaiboles. Estaba sentada a mi lado, quiso levantarse y se fue de bruces. La levanté.

—*Thankíu.*

Empecé a animarme. Se me soltó la lengua y dije a mi amigo.

—Don Goyo... siento no poder corresponderle porque estoy sin un centavo. No tengo trabajo. Usted sabe que...

—Vaya ¿qué es eso? Yo te he traído. Otra vez tú invitarás.

Sonaron unas carcajadas extranjeras. El acento es inconfundible. Me volví. En el centro, alrededor de una mesa redonda, cuajada de cervezas y *whiskies*, estaban sentados varios norteamericanos, con algunas mujeres, entre ellos Mr. Morgan.

El coñac me dio valor y dije a don Goyo:

—Dispénseme un instante.

—¿Qué, te corrés?

—No, voy a conseguir chance.

Me fui hacia la mitad de la sala, acercándome a la mesa de los yanquis enfrente de Mr. Morgan. Me vio e hizo seña de que me acercara.

—¿Por qué no llegó, Lorenzo?

—Estuve, Mr. Morgan, pero Guillén...

—¡Ah Guillén! Bueno. ¿Quiere ir a trabajar en el taller de Cortés?

Aunque había tomado algo, conservaba entera mi lucidez, y pensé: *No, Cortés no me conviene. Todavía no está olvidado el asunto de Pablo Gómez y me pueden mover el agua. Además, él vive en San Pedro. Bueno, no es miedo, no es miedo, la primera vez le fue mal y puede ser que en la segunda le pegue mejor. Pero no quiero líos. Quiero trabajar, ser correcto* (no se por qué el rostro de Herlinda Díaz estaba ante mí cuando pensé esto). «Mejor no voy a Cortés». Dije en alta voz:

—Quisiera ir por otro lado, Mr. Morgan, donde no conozca.

Allí ya estuve mucho.

—Bien... bien, te daré una recomendación para Wells, está con la Truxillo. ¿Te gusta Colón?

Salté de alegría y gritando le dije:

—Notable, Mr. Morgan, notable.

—Llega mañana a la oficina... y no le hagas caso a Guillén.

Volví al lado de don Goyo y agitando triunfalmente las manos, le dije:

—Présteme diez dólares, don Goyo. Luego se los pagaré. Ya tengo trabajo y eso hay que celebrarlo. Además, voy a irme y quiero despedirme bien de Tela.

—Magnífico, muchacho. ¿Te vas?

—Sí, a Colón. Me voy, don Goyo, se acabará esta vida perra. Volveré a ser Lorenzo Gallardo.

Y al repetir, no se por qué, me sentí triste. El rostro risueño y compasivo de aquella muchacha de la playa estaba frente a mí, frente a mí en mi recuerdo obstinado.

Quedé triste. ¿Empezaba a embriagarme? Quizás.

La vieja yanqui gritaba: ¡*Bravo, bravo, boys*!

Me levanté bastante temprano. En la cabeza me daba vueltas esa palabra: Colón. Yo sabía algo respecto de aquellas zonas lejanas, tenía noticias de Sico, Iriona. Noticias vagas o exageradas. Amigos míos que anduvieron por allá referían espeluznantes historias. En aquellos campos el trabajo de las 45 era más pesado; se hablaba del Aguán y otros grandes ríos que se extendían por la Mosquitia inexplorada...

En esto pensaba sentado en una banca del parque dejando correr el tiempo. No era hora aún para presentarme por la recomendación de Mr. Morgan. Dejaba vagar mi imaginación, entregándome a un empeñado diálogo conmigo mismo. En los últimos días los acontecimientos se habían precipitado. Ahora que tenía enfrente la perspectiva del trabajo me estremecía la idea de que había querido suicidarme. Herlinda Díaz volvió a presentarse frente a mis ojos, primero con sus trajes blancos, en el cruce del puente, después, vestida de rosado, tranquila y displicente, como la vi la última vez. *¿Qué será de ella?*, me pregunté. *¿Por dónde vivirá?* Me decía a mí mismo que sería grato volver a verla, conversar, sonreírnos. Le ofrecí hacerlo cuando tuviese trabajo y vistiera decentemente.

Podía ir porque estaba presentable y en cuanto a la ocupación, bastaba la carta de Mr. Morgan para asegurármela. Entonces decidí buscarla por Tela Nueva, para despedirme de ella.

Me dirigí hacia allá, siguiendo la calle principal. La mañana era hermosa. Los sirios conquistaban a sus marchantes, a grandes gritos, desde los almacenes; en los billares y barberías veíase mucha gente, las campanas de las iglesias, la católica y la protestante, situadas una frente a la otra en la entrada de Tela Nueva, llamaban feligreses. Seguí en línea recta hacia la estación. Quería ir hasta el extremo, por la calle ancha, blanca, soleada, para volver de allá a la oficina de la compañía y ver las casas donde viven los empleados de ésta. Tal vez por allí descubriese a Herlinda. Me sentía fuerte y ágil.

Caminé mucho hasta atravesar el barrio de los morenos. Las amarillas casas de madera se alineaban a ambos lados de la vía, aglomerándose más adentro, desordenadamente. También vivían en ellas empleados de la compañía, pero inferiores. Entre estas construcciones donde se movía un abigarrado mundo obscuro, de sucia promiscuidad, y las que ocupan la sección frente al mar, provistas de abanicos eléctricos, telas metálicas y refrigeradoras, no había de común más que el color. Unas y otras respondían a un mismo tipo, pero había que ver la melaza morena, fermentante y hedionda.

Charlando a voces altas, acompañados de abundantes gestos y cabriolas, los grupos interceptaban el paso. Frecuentemente, en medio de los trajes blancos de los varones, chillaba de pronto la nota roja de una falda femenina y las sombrillas eran como grandes claveles o amapolas gigantes.

Por el suelo rodaban chicos desnudos peleando la posesión de los cocos derribados por el viento. Al acercarme a la estación aspiré el fuerte olor a aceite, a brea, a humo; algunas locomotoras iban y venían, lanzando pitazos.

Paf, paf, paf.

Paf, paf, paf.

Bien acostumbrado estaba yo al característico gruñido de las máquinas. Noches y días completos habían llenado mi vida. Cerca de la estación sonaban los gritos, oíanse las conversaciones que llenan el ambiente por tales lugares.

—La locomotora 16 chocó con un motocarro en el kilómetro ochenta. Los trabajadores que venían en el moto se mataron.

—¿Eran de aquí?

—Unos.

Las voces herían mis oídos sin que mi atención se concentrara. No pensaba en la fruta, ni en la Compañía, ni en mi trabajo. Una idea se me había fijado en mi cerebro: ¿Dónde vivirá esa muchacha?

Regresé. Me detuve en el comisariato a tomar una cerveza. El dinero del bueno de don Goyo pagaba mis caprichos. Como estaba contento sonreí viendo los aguacates y las piñas, las latas de salmón o de conservas y los licores que se apiñaban en los mostradores y estantes de la tienda norteamericana ubicada en tierra hondureña. Sonreí recordando que cuatro días antes pudieron darme un balazo o llevarme a la cárcel por robar una fruta de mi país.

En el comisariato había movimiento. Hondureños y extranjeros entraban y salían. Los empleados, entre los cuales véianse algunas muchachas, se movían afanosos.

El español y el inglés se mezclaban con la jerga de los morenos. Rodaban con alegre tintineo las monedas. La registradora tragaba *green-backs*.

Mientras sorbía lentamente mi cerveza, yo meditaba con súbita melancolía interrogando a mi coleto:

¿Por qué nací tan pobre? ¿Por qué no seré dueño de esta tienda? Así no tendría que dejar a Tela ni alejarme de Herlinda Díaz.

Una muchacha vendedora, antigua conocida mía, me hizo señas. Me acerqué.

—¿Qué tal, Lorenzo, qué busca por aquí? ¿Quiere un perfume para su novia? Han venido muy buenos: «Maderas de Oriente», «Maja», «Goty».

Maquinalmente respondí:

—¿Perfumes?

—Sí, amigo, ¿no ha visto? Aquí tenemos y vendemos de todo: camisetas, sombreros Stetson; sandías y macarrones; shinola, perfumes. Cómpreme uno. ¿Quiere el frasco?

Yo vacilaba.

—Quedará bien, hombre. No sea tacaño.

No me gustó que me llamara así. Tacaño, yo que tiré mis dólares en las cantinas, los burdeles y los kioscos de juego. Pero fui prudente. El dinero que me prestó don Goyo no podía alcanzar para tales lujos. Sin embargo... si le llevara un perfume a esa muchacha que, en cierto modo, me salvó la vida.

Tuve una inspiración y dije a la dependiente:

—¿Conoce usted a una señorita que se llama Herlinda Díaz?

—Sí.

—¿Sabe dónde vive?

—Pues también... Allí por el hospital.

Casi no la dejé terminar, de la puerta me volví para decirle adiós rápidamente. Había sacado el pomo de «Maderas de Oriente» y me lo mostraba sonriendo.

Apuré el paso. Quería correr. Las grandes palmeras y las rosas que se abrían en los jardines de las elegantes mansiones de esta zona fueron testigos de mi regocijo. Me acercaba al hospital por la calzada de asfalto. De pronto un pensamiento hizo que me detuviera.

—Pero... ¿Para qué verla, si mañana me voy?

Seguí despacio. Vacilaba. Las ideas contradictorias eran una tortura. Reaccionaba instantáneamente movido por impulsos opuestos. Casi sin fijarme me encontré próximo a las casas vecinas al hospital. Me acerqué a una señora robusta que se divertía viendo las fatigas de una *nurse* con un pequeñuelo travieso.

—¿Dispénseme? Sabe usted en cuál casa vive la familia Díaz?

—¿La familia Díaz, dice? ¡Ah, sí, en la tercera, por esta línea!

—Muchas gracias.

Yo sé lo que es el miedo. Lo conozco bien. He sentido tantas veces su hielo. Pero estoy cierto que ni al ver el cañón del especial de Pablo Gómez, ni cuando, de niño, me mordió un cascabel, nunca había temblado como en el instante en que traspuse la puerta del jardín que cubre el frente de aquella casa.

Salió un muchacho. Jamás fui menos dueño de mí mismo, y bruscamente pregunté:

—¿Está la señorita Herlinda?

Tranquilo, indiferente, respondió:

—Ha salido.

—Gracias.

Me alejé con paso rápido. Enfilé hacia la salida de Tela Nueva por la orilla del pueblo, paralela al mar. Los altos cocoteros proyectaban en la blanca arena sus esbeltos troncos. Golpeaban suavemente las olas en la playa. Muy cerca de aquí anduve como desesperado. Llegué a las oficinas preguntando por Mr. Morgan, Guillén no estaba en ese instante y el otro mecanógrafo era un joven amable.

Al verme me dijo sonriendo:

—¿Cómo vamos?

—¿Está Mr. Morgan?

—Sí, pase.

Lo encontré en el departamento marítimo.

—Ya no se va, Lorenzo.

—¿No... Mr. Morgan?

—Creo que no hay necesidad. Usted sabe de mecánica, ¿verdad?; desde mañana tiene trabajo en el taller.

—Mil gracias, Mr. Morgan.

Salí con aire triunfal. Al verme, el mecanógrafo me dijo:

—¿Contento, eh?

—Sí, muchísimo.

Contesté casi a gritos. En la puerta topé con Guillén y exclamé deformando la voz:

—*Good morning, Mr. Guillén.*

Me vio con tamaños ojos de enojo y quizás iba a gruñir, pero yo andaba lejos ya. El mar, el cielo, las palmeras, toda la naturaleza estaba alegre.

Por la tarde fui al muelle. Mucho antes de llegar noté la agitación de la muchedumbre que de ordinario vaga por allí. Se oían gritos regocijados ¡barco, barco! Escruté el mar, como los demás. Lejos aún, en la borrosa lontananza gris, se distinguía la minúscula figura de un vapor y el copo de humo subía recto anunciando su presencia.

Caminé entre los grupos. La gente que ha hecho del muelle su modo de vivir me era familiar. Caras muy conocidas veía por doquier. Buenos camaradas me detenían para saber qué había sido de mi vida. Los recuerdos de días miserables se atropellaban en mi mente, estrujándome el corazón. Durante semanas enteras yo había convivido con estos hombres una existencia de pura bestia de carga. De seguir allí ahora tendría la mentalidad de ellos, sus ideas, sus hábitos y sus vicios. Mi temperamento se rebeló ante eso. Del fondo de la subconciencia que principiaba a dejarse ganar por la brutalidad, vino el grito de mi origen: yo era otra clase de hombre. Estaba muy lejos de creerme un ser culto. Para eso me faltaron medios en mi niñez y mi adolescencia; y la primera juventud, que forja el carácter, transcurrió en lucha feroz con la vida y con la muerte. Quizás por eso y porque la sangre que me dio mi padre no era de raza tímida, me sustraje violentamente a la terrible nivelación. Es cierto que el camino escogido no era afortunado, pero yendo hacia la muerte me libraba de aquella esclavitud de la miseria en la renuncia total de la voluntad.

Muchos de aquellos hombres no habían cambiado de vida desde hacía años. Largos años iguales, transcurridos en desesperante monotonía. Llegaron al muelle por cualquier azar, en la plenitud de sus fuerzas, pusieron el hombro a la carga, pagaron el noviciado y se abrió ante ellos una nueva existencia. Tal vez los tiempos fueron buenos, los barcos numerosos, la fruta abundante, y el salario halagador. El muelle fue ganando sus voluntades poco a poco, insensiblemente. Estaban satisfechos de poder vivir; comían, bebían, pagaban mujeres, conseguían tabaco. Pero vinieron las épocas malas. Escaseó el trabajo. Para conseguirlo fue preciso desarrollar hasta malas artes. Se disputaban la paga a cuchilladas. Más de alguno quedó rígido sobre el pavimento. El hambre los aguijoneaba. En ratos de desesperación iban a vagar por el interior del puerto, en busca de desperdicios y volvían hoscos, taciturnos o borrachos. El guaro y la chicha nunca desempeñaron papel más caritativo haciendo olvidar sus desventuras a aquellos parias, dándoles momentáneamente la ilusión de que eran hombres.

Yo sabía identificarlos fácilmente. Podía señalar a los asesinos, a los rateros, a los contrabandistas. En aquella levadura sucia y burbujeante había de todo, hasta hombres honrados a quienes el infortunio sometía a prueba.

Yo conocía a más de alguno que era deudor de varias muertes en otros departamentos, y que pasaba inadvertido; yo sabía quiénes se introducían en los barcos a ofrecerse para bajar equipajes y aparecían más tarde vendiendo objetos sustraídos a los pasajeros; también conocía a los vagos de profesión, que pasaban semanas en espera de una víctima a quien hacer caer en la misma historia de sus desgracias. Entre estos había tipos ingeniosos. Aquella multitud hormigueaba de uno a otro extremo del muelle, heterogénea, extraña, amenazadora o abyecta. Su aspecto contrastaba notablemente con el imponderable azul del cielo y del mar y la luminosa alegría del sol.

Cuando llovía era aflictivamente triste. Entonces, a mis propios sufrimientos morales y físicos, sumábase la infinita tristeza que me causaba aquella colmena humana, agobiándose bajo la carga y azotada por la naturaleza. Toda la noche pasábamos así, el racimo en la espalda, dentro de la fila, paso a paso, hasta descargar y volver a cargar, trasudados y calados hasta los huesos; la escasa ropa pegábase al cuerpo; el ruido de las cargadoras, gigantescos gusanos de acero, era igual, monótono; confundiéndose con el del agua; a la lívida luz de los faroles se desarrollaba aquella procesión de miserables; las locomotoras bufaban entrando al muelle repletas de racimos, los chequeros estaban en su puesto, inmóviles, metidos en sus capotes, fingiendo que controlaban; los empleados de la aduana y los pudientes del puerto subían a bordo; de arriba, venían las notas de un radio y oíanse gritos y carcajadas. Cuando llegaban mujeres se bailaba, las del puerto iban siempre a divertirse un rato con sus novios o a comprar telas baratas; bajaban los oficiales y marinos a emborracharse y a dejar *green-backs* en los burdeles. Los pasajeros no podían dormir enervados por el ruido, asaltados por las plagas... hasta clarear el día. Amanecíamos convertidos en una masa informe y hedionda mientras retiraban las amarras, levantaban el ancla y el barco se iba. Lo veíamos alejarse, con pesar y cariño a la vez, hasta que allá, en el confín, se hundía la punta de sus palos.

El barco en el muelle se singulariza —era algo consubstancial en nuestras vidas. Lo tratábamos y lo queríamos fraternalmente. Aquel gran objeto móvil, blanco y pujante formaba parte de nuestras alegrías, de nuestras desventuras y esperanzas. Sabíamos que de él dependía nuestra comida. Sabíamos que si él llegaba nosotros tendríamos bebidas y mujeres. Cierta correspondencia misteriosa se establecía entre él y nosotros. Cuando tardaba estábamos tristes o coléricos. A su arribo todos nos poníamos en pie, gritando: ¡Barco... barco!

Alguien apuntó:

—¡Es el Musa!

—No —dijo otro—, yo apuesto que es el Plátano.

—Dos dólares.

—Casados, pues.

Ninguno de los dos ganó la apuesta, porque al acercarse se vio el nombre escrito en gruesos caracteres sobre la blanca proa: San Bruno.

Pasada la visita de las autoridades permitían subir a los particulares. Como de costumbre fui a bordo. Empezaba a anochecer. Me acerqué al pequeño bar y pedí una Coca-Cola, pues sentía sed. En la costa siempre se tiene sed. Después fui a recostarme en la borda.

Veía distraídamente a los marinos ocupados en hacer chapuzones, cuando a mis espaldas sonó, netamente, una voz conocida. El corazón me palpitó con violencia y volví. A tres pasos, en un grupo jovial, estaba Herlinda Díaz frente a mí, grácil y alegre.

No me había visto o quizás ya no se acordaba. Esta duda me torturaba. Esperé. Caminaron un poco sobre la cubierta y, en un instante supremo llegó casi a mi lado. No sé, ahora, de dónde saqué audacia para hablarle.

—Señorita Herlinda.

—Ah, es usted. Al fin se le volvió a ver.

—No había podido antes.

—¿Encontró trabajo?

—Sí, dichosamente. Ya tenía bastante.

—¿Y qué tal? ¿Cómo se siente ahora?

—Muy contento.

Sonaron unas voces. ¡Herlinda! ¡Herlinda! —Me la quitaban... *No tan pronto,* pensé.

—No se vaya todavía. ¿Por qué no toma algo conmigo?

Hace días que quiero verla. Hoy fui a su casa.

—¿Es cierto? ¿Y cómo supo?

—Pues preguntando se llega a Roma.

Río espontáneamente y agregó:

—Bueno, bebamos algo, hace mucho calor.

Nos acercamos a una mesa. Yo me sentía tan satisfecho de poder atenderla. El tiempo volaba, para mí. Hubiera deseado que la terrible lentitud con que en mis días amargos sentía pasar las horas fuese mayor en tales momentos para prolongar aquel paréntesis de dicha. Aunque yo deseaba más, siempre estuvimos juntos largo rato. Se levantó y se despidió, cordialísima.

—Voy a reunírmeles. Ya es tarde y nos iremos.

—Bueno. ¡Adiós!

Le retuve la mano.

—Adiós, no. Yo quiero verla mañana.

Sonreían sus ojos y su boca.

—¿Quiere verme?

—Sí, mucho.

—Entonces nos veremos, vendré a la playa por la tarde. Hasta luego.

—Hasta luego —exclamé, mientras ella, ágil y blanca, se alejaba.

* * *

Yo no he leído mucho, pero si lo que en los libros llaman felicidad es lo que experimentaba por esos días, creo que no es una simple palabra. Nunca la vida me brindó sorpresas más gratas, emociones tan dulces, perspectivas así halagadoras. Aquel infierno del cual me había escapado quedaba muy lejos en los espejismos de mi dicha. En mi nuevo estado de ánimo sentía horror ante la idea de morir. No hay como ser feliz para temer a la muerte. En mis veinticinco años muchas veces el amor mercenario calentó mi lecho. Agoté los espasmos del placer fugaz y supe de la burda alegría de las fáciles conquistas efímeras. Una mujer no era nada nuevo para mí, ya que su misterio dejó de ser misterio desde que tenía doce años. Los vientos de fronda del infortunio, los vientos del vivir libre y errante, barrieron en mi espíritu las débiles simientes de ingenuidad que algún remoto día pudo albergar. Desde la infancia se reveló a mis ojos la picardía del mundo. Cuando vivíamos en casas pequeñas de un solo cuarto, mi pequeño catre de lona estaba a cuatro pasos del lecho donde mi madre se entregaba a mi padre. En otros tiempos disponíamos de dos o más habitaciones, si mi padre estaba de humor para cubrir los gastos de alquiler. Como salidas de un sueño, recuerdo estas palabras que oí una noche en que discutían creyéndome dormido:

—Te buscaré otra casa para que el chico duerma aparte. Ya va poniéndose crecido.

Y recuerdo también los sollozos con que mi madre desahogaba su abandono, años más tarde; las míseras raciones que engañaban nuestros estómagos, los inauditos sacrificios de aquella santa mujer para librarme de las garras del sarampión o de la tosferina, con remedios caseros. De mi memoria no se borra el cuadro de la angosta pieza donde una tímida vela alumbraba la cama de madera de mi madre, el pequeño catre maltrecho y un taburete, las estampas religiosas clavadas en la pared y algunos cacharros deformes. Muchas veces no teníamos para la vela y nos quedábamos en la tiniebla. Cuando no sucedía esto, mi madre empleaba el rato antes de acostarse en remendarme los calzones. Sus manos hacían prodigios con aquellos pobres trapillos agujereados como un pascón. Yo hablaba de la escuela pública, del maestro, que a veces nos hacía silbar varas en las costillas o nos daba en la cabeza rapada con los nudos de los dedos; contábale historias de Juan Henríquez o de mis arriates donde cultivaba lechugas. Ella sonreía, mirándome con sus ojos llenos de infinita ternura, como diciendo: ¡Pobre hijo mío!

* * *

Me parece que cuando uno se acostumbra a recibir puntapiés del destino, sabe si, en cierto momento, la vida se torna generosa. Esto pensaba yo en las inolvidables horas que pasaba junto a Herlinda. Después de aquella tarde, vino al siguiente día, al otro y en los sucesivos nos veíamos a voluntad. En la playa, a la hora en que el sol rojo se hunde en el mar, era nuestro placer sentarnos en el mismo tronco de cocotero donde celebramos la primera entrevista. Maravillosos momentos en los cuales dejábamos vagar nuestros sueños, mientras el fresco viento jugaba con nuestros cabellos y la brisa marina nos traía una suave sensación de frescura. Las olas se rompían saltando en la ancha y larga playa y sobre el océano inmenso volaban las gaviotas. La voz de Herlinda tenía una extraña dulzura. Oyéndola se aquietaban todos mis ímpetus y calmábanse mis fiebres. De muy lejos venía el amado eco de otra voz, pero el acento era diferente, y como ambas poseían el milagroso poder de hacerme bueno, a veces yo sentía diluirse en lágrimas; mi dicha.

Herlinda me refirió su historia. Por varias generaciones sus antepasados vivieron en Choluteca. Ella nació en aquella tranquila ciudad del extremo sur. Sus abuelos y sus padres fueron dueños de una hermosa hacienda cuyos ganados acabaron las revoluciones. Arruinado, su padre decidió ganarse el pan por otros rumbos. Y se vino a la costa del norte con toda la familia. Ella llegó aquí muy niña. Traía en las asombradas pupilas dormida la visión de un golfo maravilloso, con islas como jardines y bellas garzas blancas en los oscuros manglares. Tela los acogió benévolamente con su amplia bahía azul, los penachos de sus cocoteros y su alegre rumor de pequeño puerto cosmopolita. Se establecieron aquí después de vagar por muchos lugares del norte, casi siempre hostiles para el recién llegado del interior. Su padre logró, después de privaciones y fatigas, conseguir colocación en la compañía. Trabajaba ahora en la línea de La Ceiba.

* * *

Como todos, yo hube de pagar mi noviciado a la costa. Este no es completo sino cuando se sabe de los horrores del frío de calentura, de la implacable puntualidad de las tercianas, del zumbido que deja en los oídos la quinina y de la tortura del estómago perdido. Como todos, yo pagué tributo a la malaria. Estuve largos días en cama. Por una última concesión del destino, la fiebre me atacó cuando ya tenía empleo y conocía a Herlinda. Si no, quizás, hubiera reventado como caballo, sin tener quien me preparara una tisana.

Herlinda venía todos los días a verme a mi cuarto del Baldeiach. La acompañaba siempre su hermano Toño, con quien yo había simpatizado luego. Me arreglaba las cosas, dábame las medicinas y me hacía olvidar muchos minutos de mí mismo. Toño hablaba de nuestros amigos, de lo que sucedía por el puerto y de los chistes del *Mess Hall*. Una tarde Herlinda llegó con dos señores desconocidos, diciéndome al entrar:

—Dispuse traer al doctor para que te inyecte. ¿Te parece?

Yo asentí. En seguida agregó:

—Este caballero es el señor Cáceres.

—Lorenzo Gallardo.

—Ramón Cáceres, su servidor.

Así, con la terciana dentro del cuerpo, demacrado y vencido por la malaria, pero con el corazón lleno de Herlinda y la dicha de vivir, tuve el honor de conocer a quien debía ser mi guía, mi maestro, mi gran amigo Cáceres.

* * *

Un largo pitazo, ronquidos contínuos, cortos o prolongados, acezar de las máquinas. Ellas también se fatigan. Gritos, silbidos, risas, las inconfundibles risas de los morenos. Jerga extraña, mezcla de inglés y jamaiqueño. Calor, espantoso calor. Yo siento el rostro pegajoso y ardiente. Los mosquitos no cesan de atacarme. Varias prominencias rojizas indican en mi piel las gracias de los zancudos. Estoy contrariado. Cáceres lo nota y dice chanceándose:

—¿Todavía te hace mella la costa, Lorenzo?

—¿Y qué quiere que haga?— contesté con violencia.

—Vaya, no te enojes conmigo, yo no tengo la culpa.

—Con usted no me enojo. Es este carro, este calor, este...

—Ya estamos llegando. No te aflijas. Pronto verás a tu mujer.

—¡Mi mujer! ¡ Mi mujer!

Vamos corriendo otra vez. Me place la frescura del viento libre que da en mi rostro después de besar las selvas y el mar. Casi es delicioso. Correr. Correr no importa. Ojalá la vida en la costa fuese sólo una vertiginosa carrera. Lo horrible es estar inmóvil en un sitio mientras el infierno se lo va tragando a uno lentamente, sin poder defenderse porque no hay defensa contra el calor y las plagas en campo abierto.

Con la agradable sensación de la velocidad estoy satisfecho. Cierro los ojos y vuelvo a mis recuerdos. Qué grato es dejarse llevar así —inconscientemente, sin moverme, sin hablar, casi sin vivir... sin vivir.

¡Mi mujer! Me saben a exquisito manjar esas palabras. Mi mujer es buena, es fiel, es dulce, es adorable. Sí. A ella debo el orgullo de ser hombre después de la miseria de sentirme bestia.

Ahora me punzan el corazón ciertos remordimientos. ¿Por qué hice eso con Herlinda? Bien, lo hice, pero ¿por qué arrepentirme, por qué acusarme si la culpa fue lavada, si el mal tuvo reparación? Mis razones no me convencen. Me siento reo de una mala acción e implacablemente me convierto en acusador de mí mismo. *Fui un canalla* —pienso—. Un canalla porque eso no se hace. Mi abogado defensor arguye: no existe tal canallada. Las cosas se arreglaron bien. Yo insisto en condenarme. ¿Por qué? Porque la quiero demasiado para ser malo con ella. Sin embargo fui.

No sabría decir cómo llegamos hasta allí. Sé que nos queríamos mucho, que el ardor del litoral se había introducido en nuestras venas. Sólo hacía seis meses que nos conocíamos y ya éramos el uno para el otro. No existía manera de separarnos. Había algo extraño, indefinible, poderoso, que nos unía, que nos obligaba a acercarnos mutuamente, a acariciarnos, a besarnos. Ella me mimaba con su dulce voz, con su sonrisa, con los ojos tan llenos de luz. Yo hacía proyectos. Cuando tuviésemos algunas economías nos casaríamos, veríamos la manera de adquirir una casa pequeña pero cómoda, coquetamente pintada, con tela metálica y un pequeño jardín.

Salíamos con frecuencia. Cáceres o Toño iban con nosotros a la línea. Cuando disponíamos de dinero hacíamos excursiones a Progreso o a La Ceiba, en compañía de muchachas y muchachos alegres. Yo tenía muchos amigos y conocidos ya entre la buena gente teleña. Era apreciado por los empleados de la Compañía, muchos de los cuales terminaron tratándome con cariño sabiendo las consideraciones que me guardaba Mr. Morgan, el jefe supremo de la división. Tenía esperanzas de ascender. Vivía siempre en el Balderach, pero mi cuarto era de los mejores. Había comprado trajes, zapatos, camisas, corbatas, cinturón, sombrero, pañuelos de seda. Todo nuevo y brillante. Más brillante aún mi soberbia 45, lo primero que salvé del naufragio gracias al superintendente y a la mecánica. Al recibir mi primer salario llegué aún sucio y roto, pero radiante de alegría al bar del hotel y pedí mi cuenta atrasada. Pagué y vi salir triunfante de la voraz gaveta mi insustituible 45. Compartí mi victoria con los buenos amigos que me dieron una mano en la derrota. Cierto que ellos no eran gente distinguida y que cargaban más de un feo pecado, pero conmigo fueron amplios y generosos. En momentos en que muchos no me habrían arrojado un desperdicio para matar mi hambre, ellos me dieron una ración de sus mendrugos. No debía despreciarlos, y una formidable parranda nos volvió a unir al Gordo Alfonso, al Canche y a Luisín pero esta vez en el corredor del Balderach, consumiendo cervezas y coñacs, no en la taberna de Juliana.

Empezaba a vivir de nuevo. Más tarde, Tela fue un paraíso. Herlinda había entrado definitivamente en mi existencia. Era mía. ¡Mía, en toda la plenitud de esa asombrosa palabra!

¿Cómo fue? Casi no sabría decirlo. Me parece un sueño, algo así como que saliésemos de un estado de inconsciencia. De esa manera obscura e indefinible se agolpan en mi recuerdo las imágenes.

Fuimos a una fiesta. Herlinda, Cáceres, Toño y su novia, don Goyo, todos estábamos allí. Se bailaba y se bebía en medio de un gran ruido. Adentro hacía calor, pero afuera, la brisa marina refrescaba la atmósfera; la noche estaba hermosísima y una magnífica luna invitaba a pasear o a soñar en la playa. Varias parejas desaparecían y volvían al baile mucho rato después... La alegría iba en aumento al acercarse la media noche.

Las copas, el bullicio, la música, nos excitaban. Bailábamos sin descanso. Yo sentía cerca, muy cerca del mío el cuerpo de Herlinda, palpitante y ardiente. La noche era bella, propicia al idilio. En noches semejantes había visto muchas veces, con envidia, las parejas de enamorados besarse bajo la discreta sombra de las palmeras que dejan filtrar suavemente la luz de la luna sobre la blanca arena. Algunos venían con trajes de baño, envueltos en batas, para gozar también de la deliciosa caricia de las olas. Era bella esta diversión. De adentro veíamos brillar las hojas de los cocoteros y la luna sobre el mar. El ardor del litoral nos encendía las venas.

Salimos. Muy juntos, abrazados con una apasionada ternura que sentíamos crecer en nosotros a cada momento, recorrimos la playa. Murmuraba ella suaves palabras que se confundían en mis oídos y sonaban en mi corazón unidas al dulce rumor del oleaje. Yo la besaba continuamente. Habíamos descubierto el tronco de cocotero y ambos tuvimos una jubilosa inspiración. Nos sentamos allí, plenos de luna y de amor. Las casas quedaban retiradas y parecían más lejos aún envueltas en la sombra. La noche había cerrado todas las pupilas y ofrecíase gran lecho de terciopelo a nuestro idilio. Huyeron las palabras y las caricias fundiéronse en una sola, tierna y larga. Nos estrechábamos vibrando de juventud, de pasión desbordante, de trópico ardiente, lujurioso, salvaje...

Así fue. Volvimos al baile. Nadie notó o dijo nada de nuestra ausencia. Yo había hecho de Cáceres a la vez mi confidente y mi consejero. No podía tener secretos con él porque lo sabía un hombre superior a todos nosotros. Así es que comuniqué, ocho días más tarde, mi gran secreto, nuestro gran secreto. Me escuchó y solo dijo una palabra, muy sencillamente:

—Cásate...

Había temido decírselo. Yo lo respetaba ya como a un padre. Como a un padre digno por costumbre porque yo apenas respeté al mío, ya que casi no lo conocí. Me imaginaba a Cáceres enfurecido por mi confesión. Medité si debía guardar silencio. Nadie sabía nada, ni sospechaba. Pero... ¿y después? Después... si un hijo venía. El hijo del amor libre, el hijo de la pasión violenta y del deseo urgente, engendrado en complicidad con el mar, la luna y la playa. El hijo nuestro que era también hijo de ellos. El germen arrojado al azar dentro de la naturaleza, en la conjunción de las cosas y los instintos.

Tímidamente agregué:

—Creí disgustarlo contándole esto.

—¿Por qué? No debiste hacerlo. En fin, es natural... Muy natural. Pero cásate.

—¿Usted cree que es lo mejor?

—Sí, eso es lo mejor. No te diré que es lo decente, ni lo correcto, ni qué sé yo. Tengo mis ideas, pero no perdamos tiempo. Simplemente, creo que es lo mejor. Si no alcanzas a comprender todos los motivos, tendré tiempo para explicarte el asunto. Pero como lo que tú quieres es un consejo, no una conferencia, por eso te digo: cásate.

—Bueno, lo pensaré.

Sonriendo maliciosamente exclamó:

—No lo pienses mucho. Ahora puede arreglarse mejor eso. Enseguida tal vez les traiga dolores de cabeza. ¿Qué piensas hacer tú? ¿Te crees capaz de dejarla?

—No.

—Además ¿a dónde irías? A rodar de nuevo, sin trabajo.

Esa no es vida. ¿Crees que quieres de verdad a Herlinda?

—Sí, don Ramón, la quiero, la quiero de verdad.

—Tú estás crecidito. Has vagado ya un poco. Ahora te encuentras bien, tienes trabajo seguro, buen sueldo. Puedes hacerte cargo de un hogar.

A mí me asustaba aquello del hogar. ¿Un hogar Lorenzo Gallardo, que nunca lo había tenido? Porque no puede llamarse así la casa ajena de donde cualquier bendito día nos echan a puntapiés. Mi hogar había sido a veces el muelle, a ratos el estanco, otros días el campo abierto. Cáceres hablaba tranquilamente de un hogar y a mí eso me parecía cosa de otro mundo.

—Hogar —dije maquinalmente.

—Sí, hombre. ¿No me has dicho que ustedes pensaban casarse, que tienes un poco de dinero ahorrado, que verían cómo compraban una casita?

—Sí... eso pensábamos.

—Bueno, no hay motivo para cambiar de idea. Se casan, compran la casa... y ahí tienes tu hogar.

El mismo Cáceres fue a solicitar la autorización de los padres. Fingieron sorprenderse al principio, luego accedieron gustosos. Don Felipe, el padre de Herlinda, gozaba en Tela de unas cortas vacaciones, pues desde hacía varios meses lo habían trasladado permanentemente a La Ceiba. Aprovechando su presencia celebramos cuanto antes la boda. Nadie sospechó nada. Nos instalamos en una casa de la compañía, frente al mar. Pasamos inolvidables días. Seguimos ahorrando y pensando en el hogar... el hogar.

—¡Tela! —gritó Cáceres dándome palmadas en la espalda. —¡Tela!, despierta, Lorenzo.

* * *

Como Herlinda, embarazada, salía poco, los amigos hicieron de nuestra casa el cuartel general para reunirse y charlar. Vivíamos en el mismo apartamento cedido por la compañía, pues aunque economizábamos con sacrificio frecuente de nuestros caprichos, aún no habíamos reunido la cantidad necesaria. Siempre es preciso gastar mucho más de lo imaginado, por las enfermedades. Y yo tampoco escatimaba monedas para proporcionar a Herlinda seguridades en su futuro parto. Nuestras habitaciones estaban muy bien situadas a la orilla del mar. En el corredor se gozaba de aire puro. Colocábamos allí algunos sillones, preparábamos refrescos o traíamos cerveza y departíamos cordialmente en las horas del atardecer, mientras el sol decoraba de gualda y púrpura las aguas tumultuosas o quietas.

Generalmente las conversaciones se sostenían entre don Goyo y Cáceres o el doctor Viera, cirujano del hospital. Los primeros venían casi todos los días y el último cuando sus ocupaciones le permitían. También llegaba, con frecuencia, el *Gordo* Alfonso, quien divertía mucho a Herlinda con sus historias picantes.

—Cuando yo vine la primera vez a la costa, en 1911 —decía Cáceres—, había que hacer un viajecito ¡Y qué viajecito, amigos! A lomo de mula durante diez días. Ahora se va de aquí y se viene del interior en avión, o en tren y automóvil. No se conocen las molestias del largo camino. Los espejismos de la costa se mantienen, a pesar de quienes han fracasado dejando sus huesos a la inclemencia del clima y a la dureza del trabajo, sin heredar a sus esperanzadas familias, que allá lejos vivían suspirando por verlos regresar con alforjas llenas de dinero, ni siquiera una tumba, pues esta zona, esta rica zona, es un inmenso cementerio.

—Sí —interrumpí—, si no lo asesinan a uno por robarle, por envidia o placer, lo mata el paludismo, el barba amarilla, la fiebre de aguas negras...

—Todo —continuó Cáceres—, todo conspira contra la vida, pero de esa misma confabulación de fuerzas ciegas ella surge con más pujanza. Siempre observo con verdadero interés el espectáculo de la costa norte. Aquí hay un exceso de energía, de vitalidad, de fuerzas conscientes o inconscientes, a veces encauzadas hacia el mal y la destrucción. Aquí, los ríos son enormes y voraces: cuando el Ulúa, el Chamelecón, el Aguán se desbordan, ustedes saben los desastres que ocasionan. Sus avalanchas arrollan ciudades, pueblos, campos y fincas. Las pérdidas son inmensas. Todos sabemos también cómo son las montañas en este litoral: crudezas impenetrables, terribles marañas sin camino, donde es imposible orientarse; donde para dar un paso es necesario romper la pica. Y los grandes bananales, selvas malignas, donde la muerte acecha en mil formas. De afuera, su panorama es bello, se ofrece como un mar verde y uniforme, pero sólo el que lo atraviesa a pie, el que vive en su seno, el que para ellos consume sus fuerzas mientras lo atacan las plagas, las víboras y las fiebres, sabe cómo son de engañosos.

—Ellos constituyen nuestra mejor riqueza, amigo —objetó don Goyo.

—Nada digo en contrario. Usted no hace sino repetir una verdad aceptada universalmente en el país. El banano es nuestra mejor riqueza... en explotación. ¿Nuestra? No hay que fiar el porvenir sólo al banano.

—La principal beneficiada con el banano es la Compañía —terció.

—Hay que decir las compañías —corrigió Cáceres—. Además, pensemos que hemos regalado al extranjero las mejores tierras de Honduras. Lo más rico. Lo más prometedor, lo que pudo ser la fuente de la riqueza nacional más grande. Y con las tierras dimos también las aguas de nuestros ríos y las maderas de nuestros bosques. Así como el oro y la plata del subsuelo. La zona que bañan los grandes ríos pasó a manos de la explotación extranjera, desde las márgenes del Ulúa que fertiliza el valle de Sula a las del Patuca, que corre por la vasta Mosquitia. El extranjero, desde los días de la colonia, encontró Jauja en nuestro territorio. Es verdad que en él se personificó el empuje, la audacia, la iniciativa, la visión del futuro, al par que la codicia. Sus primeras inversiones, relativamente modestas, se multiplican fabulosamente. El hondureno dejó los huesos en lucha bravía con la selva, desmontando, descombrando, sobre el suampo putrefacto, bajo el sol tórrido, atacado por las plagas. La costa norte está rellenada con cadáveres de trabajadores. Así fueron creciendo los *trusts*, arrollándolo todo, y entre el monto de sus ganancias que nosotros apenas sospechamos y lo que percibe el país hay diferencias fantásticas, monstruosamente absurdas.

—Sólo en este mes una compañía invirtió millones.

—Exacto. Esa es una respetable suma que en diferentes formas se queda en el país y le ayuda a vivir. Nosotros sabemos, porque ellas mismas lo dicen, cuánto gastan las compañías fruteras. Pero no podemos calcular ni aproximadamente cuánto ganan con el banano.

—Eso entra en las grandes operaciones con la cifra.

—Pero yo no culpo exclusivamente a las compañías, ni a los empresarios. Muchos antecesores nuestros son también culpables de estas anomalías. Caudillos y políticos ambiciosos que no repararon en el daño que causaban a la nación, a las generaciones que iban a surgir después de ellos y las dejaron encadenadas a compromisos a cambio de dinero y armas para botar gobiernos. Paisanos inescrupulosos que en el poder o fuera de él traficaron con la tierra, con el agua, con la madera, traspasando o vendiendo concesiones al extranjero. Fatalidad tal vez. Estamos sumidos en un estado de vasallaje económico, pero no por ello hemos de odiar al extranjero. Sería ilógico y torpe. Lo que hay que reparar es el mal causado, el daño inferido al país. El mal no está en las personas. El mal está en los sistemas.

—Así es, don Ramón.

—Y otra cosa: yo no excluyo a los hondureños favorecidos, por suerte o por habilidades personales que han contribuido a crear esta condición. Se sostiene que hay que estimular la iniciativa privada. Sí. Pero no en perjuicio del Estado y del pueblo.

—Habla usted como el Evangelio.

—Refrescos señores... refrescos que hace calor —clamaba Herlinda.

—La política, la maldita política nos ha arruinado —sentenciaba don Goyo.

—Las leyes de la evolución se cumplen muy difícilmente en un medio como este —concluyó don Ramón—. Pero se cumplen. Es necesario que nuestros hijos y nietos vivan en forma más civilizada que nosotros.

El sol había terminado los colores de su paleta y se hundía en la noche.

Rápidamente se acercaba la gran fecha. Al principio aquello nos parecía interminable. Nueve meses tenían la amplitud de nueve años. Veíamos tan lejano el día supremo, y el tiempo corría, sin importarle nuestras preocupaciones, para acelerar o hacer más lenta su marcha infalible.

Herlinda volvíase más robusta cada mes. Después de las primeras molestias se encontró muy bien. Estaba hermosa y tranquila. Verla sonreír y hablar sin darle importancia al hecho de que en ella cumplíase el viejo milagro de la vida, me alentaba. El doctor Viera la examinaba con frecuencia y decía que todo iba normal.

Estaba en mi taller cuando llegó corriendo un mandadero.

—Lo llaman con urgencia, don Lorenzo.

—A mí... ¿de dónde?

—De su casa. Su señora.

Salí apresuradamente. Corrí. Estuve con ella en tres minutos.

—¿Qué pasa, amor?

—Creo que ahora sí, Lorenzo, ahora sí ya es...

—Bueno, vamos al hospital.

La llevé allá. El doctor acudió inmediatamente.

—Unas pocas horas y todo habrá salido bien —nos dijo.

Esperé midiendo nerviosamente el largo corredor. Una, dos, tres, cuatro horas. Había repetido doscientas veces los pasos en la misma dirección, inspeccioné algunos pasillos, sometí a riguroso interrogatorio a una simpática enfermera, impacienté a un practicante, contemplé con tenaz obstinación las palmeras vecinas, tuve algunos diálogos mudos con el mar y ¡nada! Cuando iba a dar principio a las doscientas y una gira por el corredor, Viera apareció en la puerta con el aire triunfal de los médicos después de una feliz intervención.

—Venga —exclamó.

Lo seguí rápido, sin decir palabra. Penetramos en la sala. Herlinda yacía en su lecho de parturienta, muy pálida, pero sonriendo levemente.

—Un hombrecito —dijo con voz suavísima.

Me incliné. No supe decir nada. Sonreíale a ella, al doctor, al niño. Sonreía como idiota. Por fin balbuceé:

—¿Hombrecito?

—Sí, ¿te gusta?

—Sí, mucho.

No dijimos más. Lo mirábamos como si fuese aquello algo increíble, algo misterioso. El doctor nos contemplaba paternalmente, repasando sin duda los pensamientos que, en mil casos semejantes, se le habían ocurrido.

—Felicidades —me dijo golpeándome cariñosamente en mi espalda.

—Felicidades... todo bien.

—Gracias, doctor —murmuré.

Cómo pasa el tiempo. Hace cinco meses, en la sala del hospital, me sentí padre por primera vez. Digo me sentí porque lo he sido varias veces, aunque jamás le había dado importancia. Lo sabía días después del suceso, cuando encontraba a mi temporal mujer más delgada y pálida, así me parecía a mí porque estos cambios en las mujeres del pueblo casi no se notan, y me decía sonriendo humildemente.

—Ya nació...

—Ya nació ¿quién?

—No te hagás el desentendido, ¿quién pues?

—¿Y cómo fue?

—Así...

—Vaya, pues.

Eso era todo. Yo estaba acostumbrado a estas noticias. Tales escenas no me ponían en apuros, pues generalmente no las presenciaba, ni siquiera lo sabía. Cuando la fecha se aproximaba le decía a la mujer:

—Andate al hospital —si no tenía reales. Cuando andaba provisto, llamaba anticipadamente a una partera y no volví a ocuparme del asunto. Nunca vi crecer a mis hijos. Los procreaba y se acabó. Lo mismo pasó conmigo. Nunca supe cómo un niño, un niño que salió de mi cuerpo, que era cosa mía, lloraba para que le diera el pecho, o cuando quería dormir; nunca supe cómo balbuceaba la primera sílaba y la primera palabra, cómo ejercitaba el cuerpo dando volteretas o cómo hacía para andar.

Todo era nuevo para mí porque aunque tuve varios hijos —aunque dejé al azar algunos hijos— nunca había tenido un hogar.

Estos cinco meses que llevamos juntos, Herlinda, Ángel y yo, han sido maravillosos. No me explico por qué ahora quiero estar todos los ratos libres en casa. Anteriormente salía mucho, me quedaba a comer fuera, iba con los amigos, tarde a dormir. Ahora, si veo a lo lejos al gordo Alfonso o a Luisín, me hago el disimulado. Ellos lo han comprendido y raras veces me llaman. Sólo Cáceres y don Goyo siguen siendo mis amigos asiduos. Hace mucho tiempo que no voy por la taberna de Juliana y poco he visto a los clientes del Balderach. La vida antes se reducía, para mí, a esos lugares de muelle y el puente. Hoy tiene aspectos muy diferentes.

Me parece a mí que no hay otro niño como Ángel y creo que así debe pensar toda la gente. El Canche cuando lo conoció dijo: Es ñato. ¡El muy bruto! Poco faltó para que le aplastara a él las narices. Herlinda comparte esta opinión conmigo. Nos pasamos las horas alrededor de su camita. Ella canta canciones populares. Yo digo estupideces. Pero siempre nos parece poco para lo que el pequeño merece. En los primeros meses yo sufría cierta incomodidad cuando su llanto me despertaba durante las noches. Después he cogido la costumbre. Al principio, casi no me atrevía a levantar a aquel ser pequeñito. Voy a confesar que yo, que me jacto de valiente, tenía miedo de esa carne tierna y blanda. Propiamente era miedo de causarle el más leve daño, de molestarlo en lo más mínimo. Enseguida me he acostumbrado poco a poco y mis brazos duros han sido suave lecho para él. Herlinda dice riendo:

—Chinéalo. Quiere estar contigo. No seas simple.

Y yo me resigno muy satisfecho.

Me siento cambiado. Ahora veo con más respeto a las mujeres que encuentro por las calles. Si las conozco y sé que tienen hijos, las admiro secretamente. Me inspiran lástima las hembras de la vida alegre, las que tantas veces fueran compañeras de crápula, sin que me importasen más que por el goce momentáneo que venden; me atraen los chiquillos, me hago súbitamente cariñoso con ellos, hasta los hombres me inspiran más afecto. Me vuelvo sensible. En otra época diría cobarde. Ayer sentí algo horrible cuando vi que llevaban a un trabajador triturado por una máquina. Diez, cien veces, en la Costa, he presenciado escenas semejantes, que entran en el pan nuestro de cada día, sin inmutarme. En la guerra civil cayeron delante y a mi lado muchos que eran compañeros de aventura, sin que yo pestañease. He visto también tambalearse y rodar hombres derribados por mi 45. Nada significaban esos sucesos para mí. Relaté a Cáceres la impresión que me causó el obrero muerto, y él me dijo:

—Te haces más humano.

¿Más humano? No lo sé. Lo que sí sé es que ahora lloraría con facilidad lo que antes me pareció ridículo. Un día creí que Herlinda me ofendía, porque dijo:

—Ángel te hace más bueno.

—¿Cómo así? Siempre he sido bueno contigo.

—Yo no me quejo.

—Entonces ¿por qué dices eso? ¿Soy yo malo?

—No, no eres malo —decía titubeando y riendo—. No eres malo pero ahora eres mejor.

No me explico fácilmente qué es lo que ha querido decir. No me explico muy bien, pero lo comprendo.

Trabajamos alegremente en el taller. Suenan los martillos. Canta un compañero, silba otro sin cesar. El taller es una realidad de fuerza, de vida potente, de energía. Aquí nos sentimos hombres. Aunque es dura la faena nos gusta demostrar que somos fuertes machacando el hierro rojo. Entre más alto suben los bíceps, son más hermosos. Los pechos anchos y nudosos, morenos y brillantes de sudor. Hay compañeros que son como atletas. Yo los veo con envidia. Anselmo Estrada, el jefe de operarios, es un gigante de carne bronceada con unas manos así de grandes y de duras, capaces de quebrar un roble. Todos somos hombres fuertes aquí. Ahora no parezco más aquel muchacho raquítico que sorbía pacientemente las miasmas del muelle en el gradual embrutecimiento del hambre.

Siento la alegría, la importancia, la dignidad de mi trabajo. Salto del lecho, ágil y descansado cuando ya Herlinda me ha precedido algunos minutos y anda por el dormitorio arreglando trapitos del niño. Tomo mi baño, desayuno y a las siete estoy en el taller, contento y vigoroso, cada día como el anterior. Trabajo por algo y para algo. Sé que mi salario no va a quedar, como otrora, íntegro en la cantina del hotel o en la mesa del estanco, ni en el garito de juego. Sé que servirá para algo más. Hace algunos meses para mí principió a tener significado esta palabra: porvenir.

Ángel se hace grandecito rápidamente, tan ligero que nos asusta y nos asombra. ¿Cómo es posible —dice Herlinda— que aquella criaturita que me enseñó el doctor Viera y que recuerdo como en sueños, en medio de mi tribulación, sea este muchachote? Yo pienso lo mismo. Soy muy falto de luces para explicar lo que sentí la primera vez que vi este hijo mío: este que yo, con orgullo, llamo hijo mío. ¿Qué será de aquellos otros, de aquellos que dejé al azar y que nunca llamé así? Con el transcurso de los días el pequeño ha penetrado en nuestras existencias de modo irresistible. Sus gestos, sus sonrisas, sus voces intraducibles, su llanto, todo eso es algo de nuestras vidas. Algo que si desapareciera, dejaría un vacío aterrador.

No sé dónde he hallado tanta ternura, tanto cariño, tanta suavidad para mimarlo. Este ser insignificante para el mundo —que lo es todo para Herlinda y yo— me ha enseñado muchas cosas insospechadas. En mi vida, como no fuese en las aventuras amorosas pasajeras, nunca hice derroche de cariño, con la diferencia de que ahora siento las palabras venir en mí desde muy adentro. Frases tiernas que jamás me supuse hilvanar me salen fácil y espontáneamente de los labios. A veces me pongo a cantar con un timbre tan ronco que Herlinda ríe estrepitosamente. Pronto aprendí a envolverlo, a cambiarle la minúscula ropa, a arrullarlo. Ayudo a Herlinda en la difícil y delicada labor de bañarlo. Angel ríe, mostrando sus pequeñas encías sin dientes, dentro del agua. A nosotros nos asaltan súbitos e irresistibles deseos de comerlo a besos.

Este período de mi vida es algo único. En mi recuerdo se agolpan las borrosas imágenes de mi niñez huérfana de protección, de mi adolescencia pecaminosa, de mi juventud errabunda, a veces pordiosera, a ratos delincuente. Vienen a romperse todos como un oleaje bravío en una playa serena. Cuando en esta paz de mi espíritu y en este descanso viril de mi cuerpo, me pongo a reflexionar, difícilmente me convenzo de que ese muchacho que va con lanas del barrio en las paseadas de tiro y puñalada y queda dormido en una acera con otros pillos de su calaña sea yo mismo; que ese joven delgado y moreno que allá bajo la techumbre de los ocotales de oriente caza con paciencia de fiera a los soldados del Gobierno y que ni se estremece cuando ve caer a un semejante, muerto por su mano; que ese guiñapo tosijoso que a rastras llega a la puerta de una taberna inmunda a dormir, capeando los chubascos; que ese endemoniado que hacía llover acero de 45 sobre atemorizados trabajadores... que ese sea yo. Ante mis ojos desvelados, en noches de insomnio, oyendo la tranquila respiración de Herlinda dormida y el suave murmullo, como aletear, del niño, he visto danzar fantásticamente las figuras de Juan Henríquez, mi amigo de infancia, de Pablo Gómez, a quien le perforé el cuerpo a balazos, de Simeón

Núñez, que enviado por aquel me asestó un machetazo a traición, de Mr. Morgan por quien desenfundé mi revólver, de cuantos seres que entraron en mi vida para no salir más. Y veo también la sombra alta de un hombre, un hombre que no recuerdo bien, un hombre ni amigo ni enemigo, pero alguien. ¡Ah, mi padre! Y el dulce rostro de mi madre, mi madre que zurce mis humildes trapos mientras me acaricia con las húmedas mirada como diciendo: ¡pobre hijo mío!

A veces despierto sobresaltado. Herlinda me oye y dice con voz cariñosa:

—¿Qué te pasa?

—Nada, no era nada.

—Tal vez una pesadilla.

No era un mal sueño. Es mi pasado que grita en este oasis de paz en que estoy ahora. Mi pasado que vive en mí, en mi sangre, en mi alma. Mi pasado que quizás duerme.

Ninguno esperaba aquel golpe. Anselmo Estrada, nuestro hércules, nos llamó aparte a diez operarios y nos dijo:

—Hasta hoy tienen trabajo aquí...

Nosotros protestamos. Yo argumenté:

—Yo vine por Mr. Morgan.

Anselmo estaba rojo de ira, no contra nosotros, sino por la injusticia de que se nos hacía víctimas.

—¿Qué quieren que haga? No soy yo quien manda... Si no tuviera mujer y seis hijos me iba también a enseñar a estos...

Lo interrumpí, pálido de furor.

—¿Quién da la orden?... ¿Quiénes nos sustituyen?

El hombre bronceado me vio con asombro.

—¿Quién la va a dar? Te ha dejado bruto el sopapo? Pues Mr. Higgins... el tal Mr. Higgins, ellos son los que mandan, aquí ellos mandan, nosotros obedecemos, si a ustedes les place y si no también.

—¿Pero quiénes quedan por nosotros? Aquí no hay mecánicos.

—¡Bah, eso no te preocupe. Ayer vinieron unos negros. Malditos beliceños!

Todos en coro exclamamos:

—¡Ah!

—¡Ah! ¡Ah!, sólo eso pueden decir ustedes. Los echan sin motivo, los tiran a la calle, los avientan al suampal de una patada y ustedes no dicen más que ¡ah!

Miré asombrado al hércules. Él sudaba la calentura ajena. Él, que seguía con trabajo hasta que viniesen más negros y lo arrojaran también, aunque llevaba veinte años allí.

—Bueno, ahora te pregunto: ¿qué quieres que hagamos? ¿Que le agujeriemos el pellejo a ese gringo con la 45? ¿Somos acaso los dueños?

Anselmo calló. Sin duda pensaba que él tampoco hacía nada. ¡No había remedio! Sí había... pero no en nuestras manos de trabajadores. Todavía agregué:

—Pero bien, Anselmo, Mr. Morgan me dio trabajo aquí ¿Por qué me lo quita este?

—Pues hombre, muy sencillo, porque los negros valen más que nosotros.

—Valer no. Lo que pasa es que a esos los tratan como animales. Les dan de puntapiés y no dicen nada.

—Andá a discutirle eso a Higgins.

—Entonces, ¿mañana no venimos?

Al hércules le había pasado la ira y estaba con ganas de bromear a costillas de nosotros.

—Si quieren venir a verme... los espero con gusto.

Nosotros íbamos serenándonos también. No quedaba otro remedio.

—A verte a vos podemos venir... pero a esos malditos jamaiqueños...

—No son jamaiqueños... son beliceños.

—Yo te apuesto que sí son jamaiqueños —dijo Erasmo Pones un muchacho de Nacaome— yo los distingo bien. Ayer vi a tres.

—Pues serán de los dos.

—Lo más seguro.

Un hombrecito que casi no hablaba en el taller y a quien casi no conocíamos se había quedado aparte, mudo y solo. Me acerqué y lo vi tan triste, tan encogido, que olvidé mi desgracia e intenté consolarlo.

—No se aflija, amigo. Ya hallará ocupación.

—Pero ¿por qué hacen eso con nosotros?

—Bah, no somos los únicos, ni los primeros.

—Cumplíamos en el trabajo. No hay razón.

—No busques la razón, amigo.

—¿Entonces? ¿No tenemos siquiera el derecho de preguntar por qué nos echan?

Me quedé perplejo. Nadie había pensado en eso. ¿Con qué objeto? Sin embargo...

Nos reunimos al grupo. Anselmo se retiraba ya. La cólera se le había montado otra vez. Lanzaba maldiciones.

—Oye, Hércules.

—¿Qué?

—Dice este compañero que si tenemos el derecho de preguntar por qué nos echan...

—Bueno, bueno... ¿por qué no?

—¿Entonces?

—Vayan donde ese gringo, hablen, aleguen, aunque...

Se detuvo moviendo la cabeza y apretando furiosamente el puro entre sus labios.

—Aunque ¿qué, Anselmo?

—Pues no sé, dudo que los atiendan. No se encolericen mucho porque pueden ir a una bartolina.

Marchamos en grupo los cesantes hacia las oficinas de la compañía. Por el camino discutíamos nuestras razones, nuestras quejas. Nuestra sola queja. Se nos arrebataba el pan sin que hubiésemos dado motivo. Se nos arrebataba. Pero... ¿alguna vez se pide permiso o se dan excusas cuando se arrebata? Lo hace el más fuerte y se acabó.

—¿Quién llevará la palabra?

—Todos.

—Todos no. Es preciso que sólo hable uno.

—Pues que sea Lorenzo.

Higgins se preparaba a salir; pero desde adentro vio el grupo y se encerró en el despacho. Llegamos. Yo iba delante y me encontré en la oficina de los empleados con mi viejo conocido Guillén.

—¿Cómo está, señor Guillén?

—Bien. ¿Qué deseaba?

—Queremos ver a Mr. Higgins.

Guillén se alistó para fingir. Levantó el brazo y nos enseñó el bonito reloj de pulsera.

—¿Mr. Higgins? Ya salió. ¿No ven que pasan diez minutos de las cinco? Él se va mucho antes.

—Lo sabemos, pero creemos que hoy está aquí todavía.

—No estaba en el tenis.

—Ni en el *Mess Hall*.

Guillén se impacientaba.

—Y qué quieren que haga. Si ya se fue, de dónde lo saco yo.

A duras penas me contenía contra aquel hipócrita. Me acerqué mucho a él. Pareció confuso. En voz baja le dije:

—Vea, Guillén, yo sé que Mr. Higgins está adentro. No lo niegue. No venimos a cometer un crimen. Sólo queremos que se nos diga por qué nos quitan el trabajo. Que nos restituyan. Usted es hondureño. Debe ayudar siquiera una vez.

Hízose el sorprendido y el compasivo.

—¿Cómo? ¿Los dejan sin trabajo? ¿Por qué? ¿Lo sabe usted?

—Yo no. Debían haberse presentado antes. Tal vez así se hubieran arreglado las cosas.

Perdí la paciencia y le grité, manoteándole en las narices.

—¿Nos va a anunciar o no, carajo?

Le entró un miedo cerval y se fue para el interior. No comprendimos las palabras, pero sí oímos que le gritaban violentamente en inglés. Volvió y desde la puerta interior exclamó:

—Ustedes perdonen. Mr. Higgins está en conferencia. Vengan mañana.

—Mañana.

Exclamamos con entonación sombría. Mañana los negros habrán tomado posesión de nuestro trabajo. Mañana será tarde.

Instintivamente miré hacia el interior. Mis compañeros también. Bastaba empujar la barandilla, dar unos pasos, hacer a un lado al tembloroso Guillén, llamar a una puerta, echarla abajo si era preciso. Bastaba resolverse...

Salimos a la playa murmurando. No sabíamos qué hacer. Eramos diez desheredados, diez desamparados. Sólo teníamos nuestros brazos, musculosos, fuertes, aptos. Sólo teníamos nuestros brazos y nuestro trabajo. Nos quitaban el trabajo. ¿Para qué nos servían los brazos?

Paseábamos por la playa nuestras negras interrogaciones. Casi todos teníamos familia. Erasmo Bones dijo:

102

—Yo me voy de aquí. En cualquier otra parte me darán ocupación.

Erasmo no tenía hijos, no tenía hogar. Después de un rato sólo nos quedamos cuatro. Los otros seis se habían ido marchando poco a poco, cabizbajos, taciturnos.

Los cuatro seguimos errando por la playa. Para las seis vimos a Higgins en dirección del *Mess Hall*, El hombrecillo tímido estaba con nosotros.

—Corramos a hablarle —dijo.

Aligeramos el paso hasta colocamos a su lado. El yanqui miró sorprendido, pero no se detuvo ni se inmutó.

—Perdone, Mr. Higgins, deseamos saber por qué nos sustituyen en el taller.

—¡Oh! ¿Por qué no fueron a la oficina? Aquí no puedo hablar con ustedes.

—Fuimos y no logramos verlo.

—¡Oh! Lo siento.

—Lo sienta o no ¿qué nos importa? ¿Por qué nos quita el trabajo?

—No tengo que dar explicaciones a ustedes, señor.

—Pues nos va a oír, gringo tal por cuál, nos va a oír...

Me le encimé rápidamente. Levantó el puño cerrado Era fuerte y bestial. Yo lo sabía. Muchos enseñaron en las nalgas los moretes de los puntapiés que les dio. No perdonaba al hijo del país. Yo lo sabía y la 45 cayó recto sobre su cabeza colorada. Pero el hombrecillo empujó mi brazo.

—No se comprometa.

Higgins estaba ya dentro de la cantina. Muchas voces venían de allá. Hablaban en inglés, en español. Sentí volver de golpe mis viejos impulsos. Después de mucho tiempo vi rojo de nuevo. Con la pistola empuñada di unos pasos hacia la entrada. Dos sirvientes huyeron gritando. Mis compañeros me cogieron fuertemente de los brazos y me alejaron. El tímido y pequeño amigo me quitó la 45 y se la puso en el cinturón con muchas precauciones, diciendo:

—No, eso no es bueno. Eso no...

Nos alejamos en dirección a Tela Vieja. Al cruzar el puente vi a Luisín y al Canche charlando arrimados al parapeto. A larga distancia grité:

—Nos quitaron el trabajo.

Ellos se acercaron.

—Hola, Lorenzo, ¿de dónde salís?

—Del taller. Nos dejan cesantes.

—¿Quiénes?

—Los negros.

—¿Los negros o Higgins? —preguntó socarronamente Luisín.

—Pues todos esos...

Mis compañeros de infortunio esperaban. Sentí algo confuso, algo viejo, algo familiar en mí, quizás olvidado, y dije:

—Vamos a tu estanco, Canche. Vengan todos. Yo invito.

Los seis nos fuimos directamente a la taberna de Juliana. Al verme llegar, entre resentida y gozosa, la mujer exclamó:

—Dichosos los ojos que te ven, hombre formal.

—Gracias, Juliana, danos seis buenos tragos.

—Y boca —añadió Luisín.

A las nueve estábamos borrachos. El hombrecillo tímido era el más locuaz.

—Trabajamos bien —decía— no dábamos motivo de queja. Somos diez... diez infelices. Nos echan. ¿Qué será de nosotros?

Yo les decía a gritos:

—Por qué no me dejaron matar a ese gringo bestia. ¿Y usted para qué me agarró el brazo? Le habría abierto la cabeza. ¡Zas!, un solo porrazo ¡Zas!, otro terciazo ¡Zas! ¿Nunca ha dado usted terciazos? ¿Nunca ha tirado a nadie, no le han zampado un plomo en el cuerpo?

Luisín procuraba calmarnos.

—Estas cosas pasan... pasan. A mí me hicieron lo mismo. Yo trabajaba...

—¿Dónde? Vos nunca has trabajado —interrumpió el Canche.

—En Montecristo. En el ingenio de Montecristo.

—Más trago, Juliana; yo pago. Pero ¿por qué hacen eso con nosotros? Si estuviera Mr. Morgan, no pasarían estas cosas.

—¡Bah, no lo defiendas! Todos son iguales.

—No, Morgan es bueno, es considerado.

—Tal vez contigo, pero con otros...

—Yo sé que sí. Yo lo he visto. Mr. Morgan es bueno. Lo sé. Lo saben todos.

—Pero Higgins es una bestia —dijo el hombrecillo.

—Un déspota, un caballo.

—Todo lo que quieran —acabó Luisín—, pero él manda.

—Cuando regrese Mr, Morgan nos restituirá.

—¿Cuándo? Dicen que va a viajar un año.

—¿Un año? Boca, Juliana.

—Ya va, ya va, niños.

A las doce salí con Luisín. Los otros se largaron antes. El hombrecillo quedó durmiendo la mona en una banca. El Canche dijo: «yo me quedo en mi hogar», ¡mi hogar! Tambaleando, abrazados, llegamos hasta el puente. Venía la ronda de Tela Nueva. Luis dijo:

—Vamos, nos pueden llevar.

—¿Por qué?

No tuvimos tiempo.

—Párense —gritó el oficial.

Nos rodearon.

—¿De parranda, eh?

—Sí —dije— celebrando un cumpleaños.

—Ajá, vos sos el que quisiste matar al gringo.

—Ydiay, qué hay por eso, son unos bandidos.

—Llévenselos.

Nos empujaron a Luisín y a mí. Con extrañeza de mi parte, este no protestó.

—Somos hermanos —decía— por eso te acompaño.

Nos empujaron dentro y la reja se cerró. Por el pequeño cuadro de la claraboya se filtró la luz de la mañana. Yo desperté. Luisín dormía aún, a mi lado, roncando. Esperé un largo rato. Me dolía el cuerpo, me dolía la cabeza. Al fin Luisín se estiró en el suelo húmedo y sucio, restregándose los ojos, los abrió mientras ensayaba un último bostezo.

—Hola, ¿qué tal dormiste?

—Bien.

—¿Qué horas son?

—No sé. Creo que las seis.

—¡Qué hiede aquí!

—¿Dónde te has imaginado que estás? ¿En la Casa Presidencial?

—Ah, sí, no me acordaba. ¿A qué hora caímos?

—Yo tampoco recuerdo bien. Me parece que en la madrugada.

—¿Y los otros?

—Sólo nosotros dos llegamos aquí.

A las siete vino un policía. Abrió la reja y nos mandó salir. Fuimos tras él. Luis marchó delante. Vi sus pantalones mojados, enlodados, asquerosos.

—Parece que te orinaste.

—Vos también.

El director nos esperaba en su oficina vestido de kaki, con un chicote en la mano, fumando King-Bee, arrogante, altanero.

—¿Quién de ustedes amenazó a Mr. Higgins?

Me adelanté.

—Yo.

—¡Ah! ¿con que tú......? ¿Y qué te has creído?

—No me he creído nada, pero me ardió que nos quitaran el trabajo sin razón.

—No me importan tus cosas. Te advierto que aquí se respeta la autoridad.

—Yo no he hecho nada contra ella.

—¿Por qué te trajeron?

—Porque amenacé a Mr. Higgins.

—Ah sí, yo di la orden de agarrarte. Mr. Higgins se quejó. Es una persona honorable. Es el jefe de esta división de la compañía. Mucho cuidado, si no quieres que te mande engrillado a Tegucigalpa.

—No veo el motivo.

Se encolerizó. Tiró el cigarrillo. Levantó nerviosamente el chicote y me gritó.

—¡Cuidado con molestar a ese señor otra vez! ¡Te pesará! ¿Qué hiciste la pistola?

—No la tengo.

—¿Qué la hiciste?

—No sé, tal vez la perdí.

Se volvió a Luisín.

—¿Por qué te trajeron?

—Por haber bebido.

—¿Sólo por haber bebido? ¿No hiciste escándalo?

—No hubo con quién.

—¡Ah! ¿Con que te gusta hacer escándalo?

—Para alegrarme bebo.

—¿Y quién te manda beber?

—Mi gusto y mi gana.

—Bueno, cinco dólares de multa cada uno. Llévenselos.

—Aquí no tenemos dinero.

—Pues se estarán metidos hasta que paguen, y mucho cuidado con ofender a Mr. Higgins.

Volvimos a la bartolina. Luis escupió unas palabrotas al agente cuando nos encerró. Alzó el rifle y la culata marcó la cadera de mi amigo. Cayó de bruces sobre el fango del suelo alfombrado de excrementos y salivazos. Quise protestar. A mí me cayó también el culatazo. Don Goyo nos encontró en el suelo de la celda. El soldado, misteriosamente, habíase vuelto atento y cordial. «Muchachos... arriba, ya es hora de que se vayan de aquí».

* * *

Herlinda esperaba en el umbral de su casa. Lorenzo había temblado pensando que su mujer ya no le tendría cariño, que iba a despreciarlo. No encontraba palabras para disculparse, para recobrarse, para volver a tener el dominio de sí mismo. Estaba anonadado. Guando él llegó, taciturno, pensando otra vez en el suicidio, la esposa dijo simplemente: «Lorenzo...... ¿quieres una naranjada?».

Una horrible pesadilla lo atormentó aquella noche. La fragancia suave y delicada del cuerpo de Herlinda lo envolvía con dulces promesas, pero su mente no podía apartarse de aquel cuadro del presidio. Antes de amanecer se fue fuera del dormitorio a respirar la fresca brisa marina, en tanto Herlinda, tranquila y feliz, dormía profundamente y Ángel roncaba con suavidad metido en su cuna.

La culata del rifle dejó amoratadas las nalgas de Lorenzo, pero él no sentía el golpe; eso «no valía la pena». Había algo lacerante en el fondo de su ser. ¿Espíritu? ¿Alma? Don Goyo afirmaba que esas son palabras vacías, «dunderas». Sin embargo, Lorenzo, que no tenía dolor en el cuerpo, sentía algo extraño, algo como un dolor, algo como una herida. ¿Dónde? No acertaba a explicárselo.

Mordía aquello. Mordía como una cuchillada. Cuando él fue a pelear a Jacaleapa iba como un loco, lleno de gritos, con la bandera en alto, porque alguien había dicho que pelearían por la libertad. Lorenzo no supo jamás cuál era esa libertad; pero unos viejos le dijeron: «Lorenzo, tú tienes que pelear por la libertad". Una turba de muchachos de su edad se lanzó por los caminos.

¿Cómo iba a quedarse atrás Lorenzo Gallardo que era más hombre que todos?

Acostado en la arena, sintiéndose dominar por una agradable lasitud, gozaba en el abandono de su ser. Con los ojos cerrados, bien estirado el cuerpo, veía desfilar su vida. Aquellos años de la niñez, cuando iba con Juan Henríquez a «La Poza del Banco», y al Picacho, en cuyos riscos arrancaban moras y sanjuanillos; sus compañeros y sus profesores del instituto, sus dibujos al crayón, sus primeras peleas, sus mujeres. Sentía correr por sus venas la savia de la escuela de párvulos. Cuánto misterio encierran esas palabras, ¡y cuánta milagrería! No haber manejado revólver, no haber disputado a una mujer, no haber causado daños. Eso es ser párvulo. En la escuela, que estaba en la Calle de la Ronda, aprendió Lorenzo las primeras letras.

Qué cosas tiene la vida. Este Lorenzo Gallardo, erizado de balas, con varias muertes en su historia y unos tantos heridos; con muchos costurones en el cuerpo y varios hijos de contrabando que vagan por el mundo; con el odio, o tal vez la ternura de algunas mujeres abandonadas; este Lorenzo Gallardo puede ser aquel mismo que iba a la escuela de párvulos; aquel mismo que frecuentaba la escuela pública; aquel mismo, que dormía su sueño tranquilo en un pobre catre de lona, pero lo que se llama un sueño tranquilo... ¿Cómo puede ser el mismo?

Del instituto, recién principiado el segundo curso, se fue para la «revancha». Peleó en Danlí, en Jacaleapa, donde lo dejaron estirado con un par de plomazos. Los «doctores» vendrán a buscarme, me mandarán a un hospital, me cuidarán, me darán dinero. Jamás vio a ninguno de los doctores. Quienes llegaron por él fueron unos pencos exponiéndose al fuego del enemigo. Lorenzo preguntó: ¿Dónde están los jefes, los doctores? Un penco malicioso le dijo «Afuerita, amigo, siempre se quedan afuerita». Engusanose. Hervían los gusanos en sus carnes abiertas por la metralla: el brazo estaba casi perdido y la pierna correría igual destino. Tenía sed, pero no lograba moverse. La cadera estaba semipartida. Rodó inconsciente. Pero su suerte quiso que cayera junto a una quebrada. Tal vez el agua lo salvó. Varias veces pasaron patrullas enemigas, las que, dándole por muerto, no se acercaron. Los zopes sí que se acercaban con frecuencia. Al tercer día el grupo de pencos lo descubrió, armó una camilla de ramas y lo condujo al otro lado de la frontera.

Todo aquel recuerdo parecíale a Lorenzo una mentira. Yo no he estado en ningún combate. Yo no he matado a nadie. Yo no he sido estudiante. ¿Quién soy yo? ¿Quién soy yo?

Estábamos detrás de unos ocotes. Cerca de mí se había tendido Pedro y en el ocote del otro lado, con su rifle, estaba Atanasio. Esperábamos... esperábamos... sabíamos que iban a atacarnos. No había generales. Apenas teníamos parque. Llegaron... eran muchos; emplazaron dos cañones; colocaron ametralladoras; casi nos barrieron. Vi caer a Atanasio. Pedro me decía: «Nos han dejado solos vámonos a la chingada». Yo no quería moverme. Disparaba. Vi caer uno. Vi caer otro... las ametralladoras vinieron sobre nuestra línea. Éramos unos pocos. Nos defendíamos detrás de los ocotes. Me levanté para ver dónde estaban ellos y perforarlos con mi máuser. Pero me pegaron antes. El brazo izquierdo se me paralizó. Caí, pero continué tirando. Sentí la pierna tiesa. Pensé: «Esto se acabó». De pronto los vi pasar: iban tranquilos, serenos, secos, sin una sonrisa, sin un grito. Los muchachos gritábamos mucho: ellos no; se lanzaban... se lanzaban. Los machetes brillaron; las ametralladoras trabajaban con furia; después de un rato quedaron silenciadas. El grupo de opatoros volvía de la línea enemiga con cuatro *vikers*. El grupo habíase reducido considerablemente. Al pasar, los indios dijeron a Polo: «A aquellos otros los tumbaron... pero los artilleros ahí quedaron también...»

Dolía, dolía el brazo..., cómo dolía. ¡Qué sed!

Y Herlinda... pero ¿es que estoy loco por Herlinda? ¿Qué brutada he cometido? ¿Me querrá todavía? ¿Ya no me querrá?

Cuánto plomo se aventó en Jacaleapa, cuántos muertos. ¿Qué hicimos después? ¡Ah! y cuando volvimos a Tegucigalpa, a mí no me pagaron mi liquidación completa, pero me dieron el grado de coronel y cuando quise ver al general Santos.. aquel marica que nos dejó solos, aquel infeliz que nos mandó a pelear sin suficiente parque, prometiéndonos todo... se escondió el desgraciado. Bien valía desinflarle la panza a balazos.

—Parece que duelen, don Goyo.

—¿Los culatazos?

—Sí, oiga, don Goyo bueno, yo no sé decirle, creo que esos culatazos...

—¿Qué? Olvídalos.

—No es tan fácil. No es tan fácil. Pero no es eso. Es que

113

me parece como si despertara después de una pesadilla. Abro los ojos. Veo claro. Está amaneciendo y, pasada la noche, me siento otro, con esta claridad.

Don Goyo quedó pensativo.

—Veo claro... También me parece que duelen mis cicatrices.

—¿Cuántas tienes, Lorenzo?

—Ya bastantita. A ver: la del machetazo de la línea cuando le guardaba las espaldas a Mr. Morgan. Los balazos de la Cumbre, de Jacaleapa. ¡Paste! No sé cómo estoy vivo.

—Eres de buena madera. ¿Sientes que te duelen las cicatrices?

—Pues es raro. Dice el médico que asistió a Herlinda que a los que han perdido un brazo, este les duele como si existiera. ¿Cómo les duele a los tuncos, don Goyo, si ya no tienen brazo? Eso no es cierto.

—Dicen que sí. Pero tú tienes brazos, ojos, piernas...

—Estoy entero, aunque agujereado, cosido, quemado. ¡Eso es! Estoy quemado, me duelen las cicatrices de la Cumbre, de Jacaleapa. Me duelen. ¿Sabe, don Goyo, que hay muchos hombres con muchas cicatrices en el cuerpo?

—Y en el alma, muchacho.

—Yo no sé si las tengo en el alma, qué sé yo. Somos muchos los brutos, que andamos por milagro, después de aguantar palos, hambres, balazos. ¿Sabe cuántos balazos tiene Tomás Maradiaga? Está cruzado por todas partes. ¿Y Pedro, y Anselmo? Todos llevamos cicatrices. Sólo eso...

—Sí, Lorenzo. Sólo eso tienen. Sólo eso les ha quedado. ¿Fue muy duro en la Cumbre?

—¿Muy duro? ¡Caramba! Pero no tanto allí, los otros se habían embolado, aunque eran muchos. En el Estiquirín, en Comayagua, en San Isidro, sí que le zumbaba. Allí anduvo Juan Pérez, Nicasio Pinto, Paco Reyna. Yo andaba con los «cabeza de vaca»; se nos venían encima los indios lanzando y dejando caer los machetes. Furiosos. Las ametralladoras barrían una línea y otra la reemplazaba. Nos quitaron y les quitamos los cerros hasta cinco veces. Después se nos fue acabando el parque. Salimos de noche, igual que en Comayagua. Tomás sacó a Paco Reina que tenía un machetazo. Ese Paco era bragado. Hace tiempo no lo veo. Pican las cicatrices, don Goyo... qué brutos hemos sido. Y ahora que le den culatazos a uno porque se toma unos tragos es una barbaridad. El de la aduana dijo:

—Bravo muchachos, entre más beban ustedes, la renta es mayor.

—Pero tú quisiste darle terciazos a Mr. Higgins.

—Romperle el alma quería. Los gringos son malos.

—No todos, Lorenzo. Olvidas que debes muchos favores a Mr. Morgan. No todos son malos, injustos, groseros. También los hay generosos, instruidos, comprensivos, campechanos. Además, ellos no tienen la culpa. Sola mente son instrumentos, como el soldado que te culateó.

—Pero se llevan toda la plata.

—No, hombre. No se la llevan toda; dejan también al país, aunque podrían dejar mucho más, mucho más.

—Así dice don Ramón Cáceres. ¿A dónde va esa plata?

—A Boston, a Nueva Orleans, a Nueva York.

—Al extranjero.

—Sí, pero el extranjero también algo nos deja. Y aparte de las fruteras están las compañías de minas, las madereras, las de aviación, las de combustibles y muchas más. La mayor parte de las mercaderías nos vienen de los Estados Unidos, el azúcar de El Salvador y de Cuba y cuántas cosas más. Nosotros no hemos aprendido a producir. Y es necesario que aprendamos, Lorenzo, para sacar todo el provecho que la tierra quiere y puede darnos. Nos llevan las maderas de Santa Bárbara, de Olancho, de Yoro, de Choluteca. Se lo llevan todo y sólo nos dejan tuberculosos en las minas, cerros pelones, y ríos secos y hasta cementerios. ¿No has oído hablar del «Tacones»?

—Sí, era un perro de garra. A punta de pistola le quitó sus tierras a muchos pobres. En Yoro dejó su cementerio, sirviendo a un extranjero que se hizo millonario.

—Pero no sólo los extranjeros han tenido la culpa, Lorenzo. Hasta cierto punto la culpa de ellos es menor. La mayor ha sido de hondureños, ignorantes o codiciosos. Ahí tienes el ejemplo de ese bandido del «Tacones». Y el tuyo: tú estabas contento porque tenías trabajo en la compañía, te pagaban, te trataban bien. Mr. Morgan te quiere. Ahora no tienes trabajo y...

—¿Cuándo... cómo se arreglará esto, don Goyo?

—Con la justicia y con la inteligencia, Lorenzo. Lo demás, si no es pura farsa para empujarlos a ustedes a que se maten por lo ajeno, es tontería. Esto se arreglará con inteligencia y con justicia, Lorenzo. ¿Qué piensas hacer?

—No sé.

—¿Cuánto darás a Herlinda para el diario?

—No sé... no sé.

—Bueno, no te preocupes. Te sacaré del mal paso.

* * *

—Don Goyo.

—Sí, Herlinda.

—Estoy preocupada por Lorenzo.

—¿Por qué? Ya consiguió trabajo otra vez. Parece contento.

—No me engaño, don Goyo, parece contento, pero yo sé que no está satisfecho. Con ese aire de tranquilidad, algo se trae.

—Bah.

—Lo he visto cuchichear muchas veces con Ambrosio. Me huyen. Usted sabe que ese tuerto es amigo de enredos.

—No te apures. Sin duda hablan de tragos, de juego, de mujeres. No querrán que oigas sus obscenidades.

—No, don Goyo, no es eso. Tengo una corazonada, algo va a ocurrir.

—II—

CERRO DE PLATA

Eva leyó la carta otra vez. Del papel blanco y fino, discretamente elegante, venía algo así como una música extraña que, a un mismo tiempo, la enervaba y la sorprendía. Dos meses antes llegó la primera a sus manos, traída por el correo urbano. Mientras recorría las cuartillas, llenas de una letra menuda y clara, iba aumentando su asombrada curiosidad.

Esos fueron sus primeros sentimientos, su reacción femenina. Curiosidad, sorpresa; pero cuando hubo terminado la lectura sintió el deseo de principiar de nuevo. Una carta de amor, una declaración de amor, vehemente y tímida a la vez. Al final de la carta, sólo dos iniciales: M. R. ¿Quién podría ser? ¿Cómo era ese hombre? ¿Quién era?

En el transcurso de dos meses, ocho más llegaron a sus manos. Eva hacía mentalmente sus indagaciones. No podía ser ninguno de los hombres por ella conocidos el incógnito admirador. Su intuición le decía que no se trataba de ninguno de sus pocos amigos. Y cada vez aquellas frases producían un encantamiento más persistente y más profundo.

En el marco de un hogar clásicamente honorable, se destacaba la belleza de Eva, delicada y blanca, como un lirio en un viejo jardín. Un hermoso salón adornado con los antiguos trémoles y la gran araña de cristal, el ancho corredor donde el canario ensayaba escalas melodiosas, y todo el aspecto de las casas señoriales del siglo anterior, con grandes patios y amplia cocina. Bonitas alfombras y cortinajes, mucha caoba y mucho cedro, olor a reseda, tal vez poco ruido. En la mansión: dos matronas que eran dechado de teologales virtudes, según el juicio convencional de las tertulias; la maritornes que por derecho de antigüedad era casi un pariente y el dormilón gato casero. Visitas a familias de reputación intachable, misas y trisagios, consejos con el señor obispo, alguna velada católica, limosnas y resfríos, añoranzas de los tiempos de don Marco Aurelio y estudios de la niña en el colegio de salesianas.

Eva veía pasar a las gentes por la calle concurrida y bulliciosa; cerca, un salón de cinematógrafo y varios almacenes; algunas noches rompía el silencio la música de la marimba, especialmente en la Pascua de Navidad. Su mundo era el de la escuela y el de sus tías. Sólo a la distancia brillaban las luces de los casinos; y el viento de las pasiones no agitaba su remanso familiar. Aquel enamorado también se ocultaba en la sombra.

Cada vez, la misteriosa misiva intrigábala más. No podía decir que lo amase. ¿Cómo amarlo si ni siquiera le conocía? Comprendía ella que no se trataba de un ser vulgar. Estaban tan bien escritas aquellas cartas. Halagábanla sus palabras, aquel desbordamiento apasionado y tan discreto, aquella delicadeza a la par de tanta vehemencia. Hasta que no pudo más con el secreto y lo reveló a su amiga confidente.

—Sabes, estas cartas... ¿Qué piensas?

La reacción de su más íntima compañera fue aparatosa.

—Pero, si son bellísimas, bellísimas. ¿Quién te las manda?

—No sé, no puedo saber.

—¿Cómo? ¿Que no lo sabes? Déjate de misterios y dime quién es. ¿Lo quieres?

—No sé quién es. No sé.

—Bueno. Averigüemos.

Y principiaron las pesquisas.

Alta y delicada, vestida con el uniforme del colegio, toda ella blanca, Eva atraía las miradas de las gentes cuando realizaba su diario recorrido entre su casa y la escuela. Aquella mañana iba un tanto nerviosa, impaciente porque otra carta había llegado a su poder. Llegaría al colegio y antes de la clase, en algún rincón, se reuniría con Luisa para leerla juntas.

«Y si a mi lado cruza la sorda muchedumbre mientras el vago fondo de esas pupilas miro, dirá que vio un camello, con honda pesadumbre mirando, silencioso, dos fuentes de zafiro».

—Qué bello... tus ojos, Eva, tus ojos.

—No seas loca.

—Pues muy claro lo dice. Estas iniciales... estas iniciales.

La muchacha hacía trabajar su mente; pequeña, morena y alegre, era un tipo femenino opuesto al de Eva. De pronto gritó:

—Tú conoces a Mario Reyna.

—Sí, no grite, no mucho.

—Bueno, es mi amigo. Ya, ya, ¿conque Mario Reyna?

—Pero ¿por qué piensas en él? Podría ser otro.

—Sí, claro que podría ser otro. Pero esas iniciales, ese estilo. No, Eva. Yo conozco a Mario Reyna. Es poeta —concluyó riendo—. Y ¿por qué no te habla?

—Bah... qué sé yo.

—Es extraño. Ha tenido sus novias. No es timorato.

—¿Tú le has tratado mucho?

—Sí, lo bastante para decir que me extraña que no se te declare personalmente.

* * *

—Vamos, championcito, en marcha.

Mario terminó de peinarse, arregló su corbata y salió a la calle. La voz de su hermano mayor resonábale en los oídos; pero él no estaba allí. Él no era ya de este mundo. Tres años antes, por la brecha abierta en aquella muralla de músculos y nervios por una bala de revólver 38, traidoramente disparada a quemarropa, en un torrente rojo se escapó la vida. Mario no lo olvidaba, como tampoco olvidaba aquella noche fatal. El agudo timbre del teléfono lo despertó. Parecíale que salía de un mal sueño, mientras su tío exclamaba con imperiosa pero emocionante urgencia:

—Vístete pronto.

Lo encontró de espaldas sobre el pavimento. Pocas personas junto al cadáver y en medio un gendarme que, ebrio, esgrimía un machete, diciendo palabrotas. De la frente, en medio de los ojos, brotaba un impetuoso chorro de sangre. Mario inclinose sin decir palabra y una ola de odio, de horrendo odio no sabía hacia quién, inundaba su cuerpo. Recogió la cartera con papeles donde la sangre principiaba a coagularse. Su cólera se desató repentinamente sobre el gendarme.

—Calle usted, estúpido.

El hombre irritado y quizá la hoja de acero pudo caer sobre Mario, pero alguna oportuna palabra de un testigo alejó al hombre que se perdió en la calle solitaria masticando el tabaco de su furor.

Cuando, después de recorrer varias cuadras con el muerto a hombros, amortajado en una camilla, volvieron a casa, Francisco, el primo, había exclamado con una impasibilidad que disimulaba su ira: «Esto no puede quedar así»; él también estaba impasible, no lloraba. Los médicos habían dicho durante la tarea de preparar el cadáver para evitar la descomposición:

—Qué muchacho tan sereno. Porque él introdujo repetidas veces el dedo dentro del negro boquete abierto por el proyectil y limpió la frente para peinar aquellos cabellos rebeldes. Dentro crujió el hueso frontal destrozado.

Sí recordaba haber llorado cuando de niño vio a su madre, rígida sobre una gran cama en medio de cuatro candelabros, desde los que también lloraban las velas de cera de Castilla. Entonces había en la sala mortuoria una muchacha menuda y trigueña. Y derramó dos lágrimas, dos únicamente, años después, cuando su hermana menor se precipitó gimiendo sobre su padre fulminado por un ataque cardíaco.

A Ramiro lo apodaban el «Champion», en el instituto, por fuerte y arrogante. Jugaba béisbol, corría velozmente, nadaba, boxeaba. Poseía una mentalidad objetiva, afirmativa, un carácter violento y jovial, amaba las matemáticas y deseaba ser ingeniero. Solía decir a Mario cuando lo veía caviloso en medio de libros y apuntes.

—Te desorientas, Championcito.

Era la época en que este devoraba a Flammarion y hundíase en los abismos estelares para salir de ellos, delirante, y caer en la molicie de los paisajes tropicales, en *María* de Jorge Isaac, o en el sentimentalismo dramático y teatral de Chateaubriand. Leía, leía con avidez, con ansias de saberlo todo. La terrible mescolanza de estudios en el instituto, obligábale a viajar de la gramática a la cosmografía, de la historia a la geometría, del álgebra a la mineralogía. Almacenaba conceptos con la fiebre de su mentalidad activa y la implacable disciplina del aula. Almacenaba ideas, juicios y teorías contradictorias, a veces ridículas, con frecuencia anticuadas o convencionales. Y mentiras e hipocresías. Buscaba la verdad, la gran verdad, o las verdades, las verdades primeras y últimas. Y lo consumía aquella fiebre, aquel deambular, aquellos viajes mentales por tan diversos caminos. Por eso Ramiro, objetivo y categórico, con su fuerza corporal y su criterio matemático, poco amigo de ensoñaciones, decíale así:

—Te desorientas...

En su vida habíase presentado ya varias veces un hecho: la muerte. Algunos seres queridos desaparecieron. Algún animal en el que puso cariño. Morir: moría su madre, su padre, algunos afectos desaparecieron, que era como si hubieran muerto. La idea de la muerte le era familiar. No la idea, sino más bien el hecho simple. Hasta entonces no había visto un parto. No había visto cómo cae al mundo un ser, un pequeño montón de carne entre gritos y gemidos. No escuchó antes el grito con que un recién nacido toma posesión de la vida, ni la llama que aparece en los ojos de la madre en ese momento. El sexo no era ya un secreto para él, hacía varios años. La iniciadora fue la «hija de casa». Bien recordaba las tardes calurosas en que las criadas lo llamaban al cuarto interior y acostadas sobre un catre o una tarima se le colocaban encima de las piernas gordas y nervudas, mientras un acezar ruidoso les alzaba los pechos y les brillaban mucho los ojos. Con las pequeñas corría Mario por el solar bajo los frondosos ramajes de los naranjos y las gravileas y apretujábanse en los rincones. En esos excitantes ejercicios, ciertas tardes algunas daban gritos inesperados que se ahogaban en la estrechez del desván o se perdían en el viento. Sangre de desfloradas y de parturientas, en lechos mullidos o en la lóbrega oscuridad de los zaguanes; sangre que se le pega al niño al nacer y que se le hiela al moribundo; sangre en el comienzo de la vida, en la puerta cerrada de la voluptuosidad no conocida, en la herida de la bala y del bisturí, conjunción de sexos, conjunción de sangres. El sexo, principio de la vida. ¿Acaso no está en la sangre, en el sexo, toda ella, la razón de lo que es?

Nacer, morir, dos hechos, y del uno al otro una existencia, todas las existencias. Dos hechos escuetos, simples. Sí, muy simples, pensaba Mario, igualmente simples así se trate del hombre y del caballo, del águila y de la hormiga. La filosofía, la historia, la literatura, la música, la pintura, la leyenda, la mentira, la tradición, la hipocresía han fabricado lo demás. De igual manera muere un poderoso que un mendigo, la más bella mujer y el repugnante engendro.

«La danza del sexo» llamaba Mario a aquellas visiones que a veces le conturbaban y en las cuales aparecían uno, dos, mil sexos entre luces y sombras deslumbradoras como signos cabalísticos; aquello que parecía obra de un hechicero, o delirium tremens. Cien, mil sexos aparecían, escondíanse, saltaban dentro de un furioso can can o una rugiente conga, en la cual se mezclaban trozos de muslos blancos, morenos, rosados. En las grandes ciudades, especialmente, aquella danza era gigantesca, loca, fantástica en medio del ruido, dentro de una atmósfera saturada de olores fuertes, olores de hembra y de macho, de perfumería, de lujuria y de gula, en la precipitación, en el vértigo de la codicia, la sensualidad, la pugna humana y la implacable crueldad de la vida que pasa atropellando a los débiles. Y la inconcebible cantidad de las deyecciones humanas, ese río subterráneo que corre tras los bellos rostros llenos de afeites y los cuerpos adornados de pieles; tras los lujosos escaparates, las mesas suntuosas y las albas pecheras. Ese río negro, de repulsivos olores que borbota en los palacios y en los tugurios, en los con ventos y en los prostíbulos, en los salones y en las tabernas, en las fábricas y en los hoteles; que invisible, anónimo, corre en la historia desde que el hombre es hombre, desde que el hombre comió, fornicó y trabajó; y el que aparentemente olvidan los pudibundos historiadores que han endiosado a la mujer, en la reina, sin acordarse de que la reina sigue siendo mujer, y al hombre en el genio, olvidando que el genio es hombre. Las palabras tabú, las palabras inmencionables, que horrorizan a los historiadores y a los literatos, que no todos nacieron con la gracia cervantina o quevedeana.

Conocía el amor carnal y el amor platónico que fue quedando en rezago en el recuerdo del instituto. Después tuvo muchas novias. Señoritas normalistas o niñas de sociedad elegante que no hacían nada, un tanto o un mucho presumidas y semianalfabetas, pero generalmente encantadoras y deliciosas para pasar un buen rato. Mario sabía de todo: enamorar, beber un poco, bailar. Vestía bien. Daniel lo introdujo al reino de Baco.

—¿Quieres venir al cumpleaños de mi novia? Irán muchas muchachas. Obsequiarán vermut.

Después del vermut, llegaron el coñac y la cerveza y más de una vez el áspero aguardiente. Qué soberbia borrachera una noche cuando el primo que estaba celebrando un disgusto con la querida les regaló una botella de Cinzano. Aquel Francisco era hombre temerario. De la alegría sacó la pistola y en la esquina de la casa vació un chifle de cuarenta y cinco. Acudió el jefe de día con la ronda y los cercaron apuntando con los fusiles. En la bruma de la borrachera, recordando aquel baturro que gritó:

—¡Qué jefe de día! ¡Si es de noche!

Francisco, bravo y magnífico, gritó también:

—¿Quiere que le alumbre los ojos para que vea quién soy?

Y alzaba la amenazadora pistola hacia los soldados. Pero acudieron los vecinos y lleváronse al primo, con gran regocijo de los muchachos que ya sentían frío en el estómago. El jefe se marchó, rezongando:

—Este se cree que está en Pedregalito. Pero a la verdad, es muy hombrón.

A Francisco lo conocían y lo querían aquellos coroneles porque más de una vez lo vieron peleando como un diablo en los cerros. Después de sus andanzas de revolucionario se dio entero, con todos sus bríos, con todas sus fuerzas, a la agricultura y la ganadería, ocupaciones hacia las que demostró aptitudes desde que tayacaneaba bueyes y montaba en pelo. Era un jinete soberano y un tirador certero. Con el hígado partido, desde el suelo le puso una bala en sitio delicado a un traicionero enemigo. Con su voz atronadora, un poco fanfarrón, hablaba de ganado de raza y de grandes fincas de caña de azúcar.

Con amigos y amigas hacían paseos de campo, de preferencia a las alturas de El Picacho, El Hatillo y los predios cercanos a la montaña de San Juancito. San Juancito, el mineral, la compañía, los tuberculosos, los grandes túneles. Sabrosas las meriendas, abundantes las libaciones, simpáticas las muchachas, fraternos los compañeros. ¡Qué días aquellos... lo mejor de la juventud... cuán lejos!

Alguien cantaba a voz en cuello versos obscenos o sentimentales. Con admirable facilidad recorría la gama del tango, de la Adelita guerrera y la canción del arroyo:

«Hermosas fuentes son las corrientes

que descienden del corazón...

Pero la ingrata se fue y me dejó,

pero la ingrata se fue y me dejó...

Sin duda por otro, sin duda por otro

más hombre que yo".

Y la voz estentórea se iba allá liada el lejano horizonte azul...

Dolores, Ana Rosa, Amalia, muchas habían dulcificado sus tristezas ambiguas, sus dudas filosóficas, sus orgullos recónditos, su orfandad, con palabras tiernas y con besos apasionados o tímidos. Otras, también mujeres como sus novias, pero oscuras y fugaces, habían calmado sus ímpetus de macho joven y sano. Estas dejaban una pasajera huella de humores y lujuriosos abrazos en su cuerpo blanco y ágil. Años más tarde una amante le dijo:

—Me encantas, pareces de mármol.

Las otras dejaban un surco de penumbra melancólica o de riente lozanía. A unas las quiso mejor y después, lo de siempre, la muerte de aquel amor, la separación, la ausencia. No eran amores platónicos, pero tampoco llegaban a la conjunción suprema. Y así, cualquier buen día, desvanecíanse como una nube.

Por ese entonces conoció a Eva.

Conoció a Eva y la idealizó. En sus noches de soledad y en sus días de plenitud; en el hervor de sus años mozos, colmados de inquietudes y de sueños; en sus ambiciones inconfesadas y en sus ternuras sobrias; en sus momentos de elevación y en sus caídas materiales, en su espíritu y en su sangre, floreció aquel amor hondo, incontaminado. Lo quería solamente suyo; sin la más mínima profanación vulgar; y por eso lo ocultaba en lo íntimo de su corazón y de su pensamiento; por eso lo defendía de las miradas impuras y de las palabras comunes; por eso lo rodeaba con una muralla de silencio y de orgullo. Si le hablase en público, las lenguas lo profanarían. Dejaría de ser ella ante sus ojos el ser con que soñaba, la visión, blanca, irreal, poética. Así la amaba y por ello aquel amor sólo brotaba, con su música, en las cartas.

Habían transcurrido veinte años; Eva contrajo matrimonio y tenía dos hijos. Él también.

Abismado en sus recuerdos, embriagándose suavemente con ese aroma de la nostalgia, triste y brumosa, en la cual se diluye el presente, Mario hundía más su mirada en el pasado. La infancia, los rostros queridos en aquella época que parecía estar muy cerca, pero que había muerto, que era imposible revivir.

Venía a su memoria la tía Rosa, que era dueña de una tienda en la plaza del Mercado, cerca de la iglesia de Los Dolores. Los edificios del mercado eran de madera y junto a los muros del templo amarraban sus mulas los vivanderos. Durante el día reinaba mucha animación en la plaza; recorría él los puestos de venta de maíz, frijoles, verduras, jarcias y ropas. Bebía minutas de la señora Chana: hielo raspado con jarabe de vainilla. Siendo más chico iba a traer la leche, pues su familia estaba abonada, y el pan de yema; por el camino daba pequeños pellizcos a las semitonas y a las semitas de manteca y compraba en las pulperías, todas estas de buenas personas amigas de casa, caramelos de dulce y panes de rosa. Entonces en el mercado y en las pulperías no había extranjeros. Los pocos turcos y chinos conocidos en la ciudad vendían en la calle del Comercio, desde el Parque Morazán al Parque La Merced. Todas las gentes se conocían: las Rodríguez, las Medrano, las González, las Reyes, las Matute, las Gómez. Había cuatro automóviles. Los dueños del tráfico eran Leandro con sus carretas y Manuel con sus grandes potreros de alquiler. En los días de fiesta pública iban al parque Morazán a ver el cine y durante la Feria de Concepción a la Plaza de la Libertad para montar en los caballitos y celebrar a los payasos. En diciembre tomaban posesión del parque de La Leona para elevar sus barriletes. Hasta en la madrugada resonaban en las calles las guitarras de las paseadas que iban de nacimiento en nacimiento. A veces se oían disparos de revólver.

Mario asistía a la escuela pública No 2, ubicada una cuadra al sur del parque de La Concordia, donde crecían enormes napoleones y se veía una pequeña laguna con patos. También existía otra escuela pública, No 1, cerca del cuartel de San Francisco; y la Nocturna de Artesanos. Las niñas se dividían en dos o tres escuelas primarias oficiales y funcionaba igualmente alguna privada. Los instrumentos musicales de moda eran el piano, el violín y la guitarra. Jóvenes y señoritas tomaban lecciones, con viejos maestros de la ciudad, se danzaba al son de orquestas. Las mujeres usaban cabelleras y faldas largas. El bombín era de buen tono y en las solemnidades, alegres o fúnebres, se veía mucho el jacquet y la chistera. Los muchachos llamaban a estas prendas de vestir levas y cumbos. El uso del bastón estaba generalizado. Acostumbrábanse los paseos a caballo y las casas de familias acomodadas tenían sus caballerizas y bestias de raza. Dos periódicos diarios circulaban en la capital.

En las noches, lo más granado de la sociedad se reunía en el parque Morazán, adornado con la estatua del Héroe y las de las cuatro estaciones y limitado por una verja de hierro. Varios árboles de regular tamaño daban sombra, hacían agradable el descanso, especialmente de los estudiantes, en las horas del mediodía. Enfrente alzábase la catedral y al costado sur de la misma, calle de por medio, el cabildo. Antiguas casas con musgosos aleros y postes de madera rodeaban la plaza. Las calles eran empedradas, con numerosos agujeros y zanjones abiertos por las fuertes corrientes de invierno. Cuando el aguacero resultaba torrencial, las calles convertíanse en arroyos y para pasarlas precisaba el uso de pequeños puentes portátiles que hacía fabricar la Municipalidad. La ciudad llegaba hasta las faldas de La Leona, el jardín de La Concordia y El Guanacaste, extendiéndose por Comayagüela hasta el Cementerio y Guacerique; pero las construcciones sólo ofrecían un bloque compacto, aunque con claros, en la zona central; ya para los barrios se espaciaba mucho. Las colonias eran poco numerosas y casi exiguas las extranjeras...

1916. Mario y sus amigos ocupaban sus recreos en la escuela jugando a la guerra o haciendo grandes dibujos con soldados grises y rojos. Las personas mayores de la familia hablaban de terribles batallas en Europa. En la clase de Geografía y de Historia los profesores les habían enseñado muchas lecciones relativas a ese continente. Francia, Grecia, España, las cruzadas, el descubrimiento y la conquista de América, Alejandro Magno. ¿Por qué peleaban alemanes, franceses, rusos, ingleses, belgas, turcos?

También su país tenía una historia de guerras, Francisco Morazán, Ferrera, Cabañas y muchos nombres más, y muchas revoluciones. Para Mario y sus amigos, al tratarse de su país, la palabra cambiaba. En lugar de guerra, se decía: revolución. El maestro les habló de una revolución francesa. ¿Serían así las de Honduras? Los muchachos notaban algunas diferencias en la conversación de las personas mayores. Al referirse a estos tópicos, algunas decían simplemente: la campaña del 94, la campaña de 1903.

¿Qué cosa era una revolución?

Estaba ya de alumno en el instituto cuando lo supo. Durante algunos días veíanse rostros descompuestos, movimientos apresurados en el establecimiento. Muchos artesanos, muchos hombres del pueblo faltaron en sus hogares. Asimismo algunos licenciados, médicos y comerciantes. Por las calles habían pasado grandes grupos agitando banderas y dando gritos. Ocurrieron muchas riñas. Los ebrios escandalizaban más que de ordinario. Luego, se habló en casa, discretamente, de combates en los montañas. Su padre irritábase con frecuencia. Un día no durmió en casa y a la mañana siguiente su madre le dijo: «Mario, lleva esta carta a tu papá. Vete por el interior; está allí donde don Toño». Él quedó sorprendido. ¿Por el interior? Sí, replicó la señora, señalando la tapia divisoria de los solares, que el niño tenía que saltar. La empresa fue fácil para Mario pues eran sus dominios y en ellos sentíase un estratega mejor que aquellos que pretendían hacer vivir la justicia devastando el mundo con toneladas de acero.

Su recuerdo iba de un punto a otro, de una a otra etapa de su vida, de una dulce emoción a una tristeza infinita, ¡sus tristes horas de orfandad! La soledad de algunos años, que influyó sin duda en la formación de su carácter; el duelo casi permanente en cierto período, por la partida sin retorno de varios seres queridos; tantos lutos que hicieron enmudecer para siempre el piano de la sala donde en días felices habían estudiado Ramiro y Mercedes mientras los menores dormíanse en las amplias mecedoras de junco y madera y en el sofá, en tanto brillaba afuera la luz de carbones del hermoso foco de la esquina, bajo el que se erguía inmóvil la oscura silueta del policía y toda la ciudad iba entrando en el silencio y el misterio propicios a los cuentos de aparecidos.

Ante sus ojos desfilaban muchos rostros amados o indiferentes; escenas de luz con risas y aromas; cuadros grises. Su emotividad despertaba enternecida o vibrante con alguna antigua melodía. Trozos de música en los que revivía un pedazo de su vida. Valses sentimentales que traíanle la jubilosa imagen de Dolores; tangos morbosos que lo estremecían con la añoranza de Julia, de Lastenia, de Amalia; madreselvas en flor que colocaban junto a su cuerpo, como en aquella noche azul, a Margarita; aristocracia de orquídeas que lo hacían pensar, pensar mucho en Luna Benamor... ¡Cuántas mujeres, cuántas mujeres amadas, cuántas que le dieron su amor, cuántas que se llevaron el suyo ignorándolo!

—Mario: ¿quieres que demos un paseo, un buen paseo? Caminamos un par de leguas, nos bañamos en el río y al regreso, donde tú sabes, a tomar cerveza. —Instábale Armando aquel domingo, pleno de alarde solar.

—Quiero leer esto. Me interesa mucho.

—Déjalo para otro día; vamos a estirar las piernas.

—No. Me quedo. Vente a las cinco para que tomemos unas cervezas.

—Bien. Hasta luego.

—Hasta luego, Armando.

Luna Benamor, Amalia, Margarita. ¿Por qué moriría Daniel? ¿Por qué se fue Ramiro? Ramiro: «¡En marcha, championcito! ¡En marcha! Quiero ver a la familia». Así había bautizado el hermano fuerte y jovial a Julia y su hermanita. Volvía a sonar su voz con acento de mando. «¡A ver a la familia, championcito!». Y Daniel, los primeros Cinzanos, las primeras cervezas, las novias primeras.

«Las novias pasadas son copas vacías,

en ellas pusimos un poco de amor...

Un amor que se va.

¡Cuántos se han ido!».

Gustó a Mario, en ciertas épocas de desenfado varonil, recitar y practicar aquellos poemas. Cuando conoció a Eva fueron «Los camellos» su composición favorita por eso de *las pupilas de zafiro* y, siempre, las agnósticas palabras de la «Canción de la Vida Profunda». Sí. Ahí está el hombre. Examinaba los volúmenes de su biblioteca: novelas, historias, sociología, arte, derecho. Muchas veces sintió el tedio del libro. También el tedio de la vida. Algún minuto quiso morir.

¿Morir? ¿Por qué? Por ningún motivo especial. Sin duda, un instante de cansancio, de depresión, de fatiga nerviosa. Otras ocasiones quiso vivir cuadruplicando sus aptitudes y sus energías.

Expandirse; ser expansivo, explosivo. Francisco parecía un explosivo de alta potencia, para el bien o para el mal. Él no era así. En su vida no hubo costrastes violentos que engendran ardientes pasiones. Francisco era excesivo en todo: en sus cariños, en sus odios, en sus placeres, se daba entero. Vivía hacia afuera, no tenía zonas opacas o intermedias. Mario vivía hacia adentro. «Como un minero», sentenció alguien.

¿Un minero? Mario pensaba, por asociación de ideas, en los de San Juancito. Había apuntado esta frase: «¿Dónde están las huellas profundas, los surcos ya hechos en que

138

podríamos adentrarnos sin temer al callejón sin salida o a la emboscada? En todo lugar, en toda circunstancia me encuentro solo. Para decirlo de una vez, no tengo a quien rogar sino a mí mismo. ¡Dura escuela! Pero he ganado en ella una lucidez aguerrida de la que estoy orgulloso y en la que querría hacer aprovechar a los demás».

Volvía a Luna Benamor, fina y frágil, una muñeca. Ahora era madre de un muchachote. La veía en la calle o en algunas reuniones. ¿Se acordaría ella, acaso, de los tiempos muertos?

Los libros eran buenos, queridos amigos suyos. Compañeros en la soleada infancia cuando *El Corsario negro* inflamaba su fantasía. Aquella edad. El niño se refugiaba en un cuarto de calaches y leía y soñaba. Volvía de sus viajes por mares lejanos con el fulgor de los ojos feroces de los piratas y un griterío en la garganta. Redactaba un bando y hacía que las sirvientas, con algunos pequeños, se reunieran para oír su lectura a voz en cuello, bajo el naranjo o junto al horno. Después sonaba la corneta y el fingido grupo de soldados se alejaba marchando por el jardín. Los libros continuaron siendo sus amigos (*Los miserables, Atala, María*) durante la adolescencia ensombrecida con la muerte de su madre. ¿Cuál enfermedad le arrebató aquel ser endulzado con sus mieles infantiles? Sólo tres días estuvo en cama: él oyó hablar del cólico miserere.

En seguida, en su primera juventud, cuando ya la sangre se encendía con el amor y el placer: *Afrodita, El retrato de Dorian Grey, La vorágine*. Una inconmesurable nomenclatura llenaba su mente. ¡Cuántos nombres! ¡Cuántos nombres!

Contábanse por docenas, por centenas. Desde los lejanos de la Biblia y los griegos a los contemporáneos del socialismo y el embrollo freudiano. Cuántas hipótesis, cuántas doctrinas, cuántas polémicas, los paganos, los escolásticos, los románticos, los naturalistas, los fascistas, los liberales, los conservadores, los heresiarcas, los mahometanos, los hugonotes, los ortodoxos. La gran confusión, el gran laberinto de los siglos. Y cada uno se decía poseedor de la verdad. Cada quien defendía con el cerebro y las armas su verdad. Esas actitudes llevaban a Cristo al Calvario, organizaban la Inquisición; santificaban una piedra, la kaaba de Mahoma; guillotinaban reyes, ensangrentaban la tierra, propiciaban el hambre y la peste, exterminaban a los inocentes.

El monólogo interior era frecuente en sus indagaciones. Hablaba a solas; hablaba con seres invisibles, aunque presentes. En *La montaña mágica* (había leído) hay una bellísima declaración de amor. Para mí es más bella la de Marcos Vargas, el protagonista de *Canaima*:

—Apaga, Bordona, y vámonos —exclama el macho, cortando el entusiasmo artificial, convencional de la hembra que apetece. La del alemán de Davos seméjase a un discurso y el deseo no se manifiesta con discursos, con parrafadas líricas, salvo en las novelas y en la ópera. La realidad es simple, tosca, elemental.

Sí, elementales, instintivas, eran las reacciones de Francisco con la fuerza vital y desnuda de los elementos primarios. La realidad es simple, pero compleja. ¿Cómo explicarlo?

De lo que sí estaba cierto era de la mayor autenticidad de las manifestaciones sexuales en la literatura naturalista, que en la romántica; sin embargo, el análisis de los estados del Yo, en las obras estilo Joyce, resultaba auténtico con frecuencia; pero, si esos estados eran parecidos a los expuestos por Balzac o por Dostoyewski o por Cervantes. Diferencia de palabras o de técnica, diferencias de tiempo y de lugar...

Los nombres llegaban al azar. Los capítulos más reales de *El amante de Lady Chatterley* de Lawrence no pueden ser leídos en voz alta, ante mujeres o menores. Pero sí a solas. ¿Qué reacciones producen en las mujeres cuando los leen? Ya lo sabía: algunas tirarían la obra escandalizadas: Uy, qué porquería. Otras no, más de una querría que no fuese tan breve. ¿Era por esto una pervertida, una inmoral? No. Y la otra, la que se horrorizaba por un pequeño cuadro sensual, ¿era pura? Tampoco. ¿Quién sabía cuántas veces haría lo mismo en la cama, autorizada por la ley y el cura, o subrepticiamente? Y por hacer aquello: ¿perdía su pureza... no la pureza de la virgen, sino la pureza de la mujer?

Jacobo Wasserman en *El hombrecillo de los gansos* aconseja: «Aparta tu mirada de los fantasmas y sé, ante todo, un hombre». Exacto. Magnífico consejo. Pero, ¿cómo realizarlo? ¿Cuándo, en cuáles momentos, en cuáles actitudes, somos «un hombre», un hombre íntegro? ¿Qué es un «hombre»? ¿Cómo se es un «hombre»?¿El hombre-instinto, el hombre razonamiento? ¿El impulso volitivo elemental? ¿El libre albedrío? ¿El hombre macho, casi primitivo, casi toro, o asno, o caballo, o lobo?

El hombre domado, pulido, instruido, convencional, sociable. Una conjunción de los dos tipos. Bien. Pero

¿cómo ser en todo momento, en toda circunstancia, un «hombre»? ¿Diógenes, San Jerónimo o Lorenzo el Magnífico? ¿Cristo, César Borgia o Pacheco?

—De los tres : una dosis de Pacheco, otra de Borgia, otra de Cristo. El hombre es un coctel.

El miedo.

Un hombre no tiene miedo. Los hombres no lloran. Frases hechas. Palabras huecas. Todos los hombres tienen miedo. Todos los hombres lloran. Yo he visto a individuos de espalda contra el suelo, con el cuerpo roto por una bala calibre once, con un furor espantoso en la mirada, apretando compulsivamente su máuser, ajenos a su propio dolor, a su angustia lacerante, a su desesperación final, atentos sólo, sólo poseídos por el deseo de matar; y he visto a esos mismos hombres protestar y volverse pálidos cuando el médico iba a introducir la aguja para inyectarles cualquier droga contra la gripe o la malaria.

Yo he visto a encantadoras mujeres que huyen de un ratón, asistir impasibles a la amputación de una pierna. Yo he visto a las muchachillas apenas salidas de la adolescencia a quienes un hombre forzudo haría añicos con un puño, dar a luz sin turbarse. Y ellas mismas, frágiles como un lino, se han entregado en los placeres del amor a machos corpulentos e incansables. Yo he visto a hombres valerosos ante el peligro, llorar, convertirse en esclavos por una niña caprichosa. Y he llorado con ellos cuando derramaron lágrimas copiosas sobre la mujer o el hijo muertos.

Yo he visto seres incapaces de pelear, permanecer en la tragedia. Los he visto junto a un amado agonizante sin inmutarse. Y los he visto hacer funcionar sin apresuramiento, sin odio, una ametralladora que siega cuerpos con la exactitud de un cronómetro.

El miedo. Todos tenemos miedo: a las enfermedades, a los malos querientes, a la calumnia, a la pobreza, al fracaso, al ridículo, a la muerte, a lo que ha de ser, a lo que será, al pasado, al presente, al futuro, a lo inesperado, a lo incognoscible, a lo imprevisible, a todo cuanto se nos escapa de las manos, a lo que no podemos manejar. Renunciación, aceptación de lo inexorable, nervios fríos, acero y hielo, o lava volcánica, ¿Aquiles o Ulises?

Le interesaban, estudiándolos con frecuencia, muchos caracteres generalmente disímiles, o en ocasiones muy semejantes, o con puntos de contacto. Por el atuendo de juventud y armoniosas líneas le agradaban los griegos; también rendía homenaje a la viril apostura de los romanos, hombres férreos pero geniales; comprendía muy bien y de ser posible quería que la moral cristiana fuese patrimonio de la humanidad, apartando el dogma, la sinecura y la farsa, pero no se sentía con vocación, ni para apóstol ni para mártir.

Desconfiaba mucho, muchísimo, de los apóstoles de todos los credos políticos, morales y religiosos. Desconfiaba de los mesías, y de los iluminados que se proclaman dueños de la Verdad, portaestandartes de la redención, magos del bien.

Su actitud era de escepticismo y de alerta. No se entregaba fácilmente. Y tenía presta una sonrisa burlona para los predicadores fanáticos, aunque inteligentes, y un signo de despreciativa conmiseración para los tontos.

Pero sí irritábalo el predicador de mala fe, el mercader de crédulos y timoratos, el demagogo rapaz y corrompido.

Encontraba demasiado cargadas de inútiles detalles ornamentales las biografías de los hombres extraordinarios. Su vida anterior y su vida íntima eran poco investigadas. Se desestimaba o se olvidaba al hombre de carne y hueso, nervios y glándulas, dándole una notoriedad oropelesca, al guerrero, al poeta, al filósofo que había sido. Las congregaciones humanas eran tratadas como masas inertes. Faltaba la animación de la vida natural. Y el capítulo de guerras y matanzas llenaba la historia griega, romana, latina, sin que apareciesen los relatos de costumbres, retratando el modo de vivir, el concepto sexual. Detrás de los afeites de Cleopatra, los espejos de María Antonieta y las sedas de la Pompadour, se sospechaba o se adivinaba el indispensable adminículo cuya humilde cuanto menospreciada misión es la de recibir las excretas del intestino y la vejiga. Tras los flamantes uniformes y el tronco resplandeciente, en la penumbra histórica, quedaba la bragueta de Napoleón. Y la modelo que inmortalizó Leonardo en *La Gioconda,* lo mismo que Juana de Arco o Tórtola Valentía, tuvieron sus días en el mes. Bellos los ojos y tentadoras las bocas, divinos los romances al compás de aladas armonías, dulces los sueños y junto a ellos, lo demás. La materia... La materia implacable o inevitable. La materia finita. La materia eterna... ¿Por qué huirle, despreciarla, pretender ignorarla?

¿Hay episodio más ridículamente bárbaro y humano que el primer parto de María Antonieta, reina de Francia, esposa de Luis XVI, obligada por la etiqueta a exhibirse en esos momentos patéticos ante la Corte? ¿Cuáles serían los pensamientos de los testigos ante la mujer que mostraba sus intimidades más resguardadas? Únicamente en la soledad, desnudo, el hombre está en su verdadero ser. Aquel morboso personaje de Barbusse que se pasaba las tardes espiando a los vecinos del cuarto del hotel contiguo al suyo, por una abertura en el tabique, vio mucho de humanidad sin velos. Cuántas veces quisiéramos tener ese privilegio.

* * *

En el monte alto, el monte pétreo, surgió un rancho de la noche del no ser, donde el indio se albergó. Las estrellas en el zodíaco brillaron sobre montes agrestes en medio de los cuales serpenteaba el río en la desolación de aquella tierra. Pero había algo oculto; algo debajo de la corteza, algo ignorado, en la entraña inviolada. La tierra, el monte, poseían el sortilegio que, al conocerlo, atrajo al hombre blanco.

«Cerro de Plata» es hija de la codicia. Taguzgalpa la llamaban los indios, que en su inocencia regalaron el secreto para convertirse en esclavos de lo que era propio. Seres rapaces acudieron con mucha ambición y mucha crueldad en el alma de explotadores. Seres rapaces deslumbrados por un reflejo mágico, atraídos por un imán irresistible. El indio dio lo suyo. No se alzó su brazo armado de flecha para herir al blanco advenedizo que se adueñó del monte agreste con entrañas de oro. Los metales que dan el poder y la felicidad estaban allí amontonados, tentadores. Principió la explotación y la tierra espléndida sigue entregando su riqueza al extranjero, que ha horadado y horadado en la infinita rotación de las edades.

1801. En la Parroquia de la Villa de Tegucigalpa hay registradas ochenta y seis familias españolas y quinientas siete ladinas. Comayagüela figura entre los pueblos de indios con 315 titularios y 1,062 almas. Veinte años después es proclamada la Independencia y ábrese en el sereno espacio un círculo de fuego.

La sangre moja las tierras baldías. Ese baño de líquido rojo debió continuar incesantemente en el futuro.

El ronco jadear de unos motores hace volver a Mario al minuto presente. Es un gran avión de una de las compañías internacionales que despegó de Toncontín (cuando él era niño llamaban a aquel sitio Llano del Potrero) rumbo a Miami. El sol se introduce audazmente por la ventana, sin pedir permiso, como los conquistadores. De la calle mil ruidos diferentes: bocinas de automóviles, jadeo de buses, gritos de vendedores de chicles y billetes de lotería, sirena de una fábrica, timbre del teléfono automático; ecos del billar, del restaurante chino, del cine sonoro y del boliche, música de los radios, parloteo de mujeres, pito del agente de tráfico, agudo claxon de ambulancia, peloteros que vienen del estadio. Desde adentro ve pasar a las gentes, sobre el pavimento de adoquín: señores obesos, con aire solemne; muchachas que gustan de enseñar las piernas desnudas; mujeres elegantes portando estrambóticas carteras o luciendo catastróficos peinados, jóvenes enfundados en trajes pachucos o en *slacks*; obreros de azulón, fornidos motoristas, trasnochados y rubias postizas. Los Buicks, los Packards y los Lincolns dejan en el escenario su nota vanguardista y la estilizada silueta de una bella acusa la infiltración de la Quinta Avenida de New York, en la ciudad que ya va siendo cosmopolita.

¡Adiós, Taguzgalpa! Adiós, Taguzgalpa indígena, insignificante, perdida en la tiniebla, borrada por las edades.

Mario rio ante esta idea: ¿Qué cara pondrían don Tranquilino de la Rosa, don Francisco Morazán, don Pedro Mártir de Zelaya, hermano del presbítero don José Simón de Zelaya, don Narciso Mallol?

Don Narciso Mallol, abogado de los Reales Consejos, condecorado con la Cruz de distinción de Madrid, vino de Quezaltenango a hacerse cargo de la Alcaldía Mayor de la Provincia de Tegucigalpa; y el primer problema que encontró fue la escasez de recursos de su administración, por la renuncia de los habitantes al pago de los tributos, justificada en parte, ya que las cajuelas donde los fondos se guardaban estaban vacías, sin razones suficientes, provocando esta circunstancia la natural malicia de los indios, principales tributarios. Contemplando esta y otras necesidades, el nuevo alcalde hubo de encontrarse con el asunto ya planteado de la construcción de un puente que uniese a Tegucigalpa con Comayagüela. Don Pedro Mártir de Zelaya, regidor perpetuo de Tegucigalpa desde 1786, fue el primero en abordar este asunto y en su tiempo se recogieron diez y seis mil pesos de donativos, pero no se principió la obra sino hasta en el gobierno de Mallol y después de la famosa crecida del 31 de octubre de 1817, durante un temporal de ocho días, que se llevó la hamaca con goznes de hierro grueso, y de no pocas discusiones entre los notables de la villa, entre ellos don Antonio Tranquilino de la Rosa, quienes opinaban que la construcción debía hacerse en otro punto y no en el escogido, en la confluencia de los ríos Grande y Chiquito; pero el hundimiento de una parte del cerro del lado de

Tegucigalpa, que cegó la poza de El Tabascal y arruinó varias casas, terminó con las objeciones.

El Puente Mallol. Un potente camión de veinte toneladas marchando hacia el sur y un *Roadster* rojo y coqueto, viniendo de Comayagüela, eran los últimos vehículos que el día anterior, a las cinco de la tarde, cuando regresaba del *Country Club*, había visto Mario rodando sobre su estrecho espinazo de piedra. Momentos antes dejaba atrás una larga línea de automóviles de las más modernas marcas y estampas, hermosas, brillantes, saturándose con las emanaciones del «Nuit de Noel» de moda en los escotes femeninos y medio emborrachándose con los vahos del whisky con soda o el *gin fizz*, rastros de la redente parranda en el casino. Enfrente, la torre morisca, ágil y estilizada, de la Casa Presidencial y al este la mole granítica del estadio. Avanzando hacia el centro de la ciudad, muy cerca de la que en aquella edad lejana fuera una ancha plaza extendiéndose ante la primera parroquia, grandes y bellas construcciones de cemento armado: hoteles, residencias, almacenes. Anacrónicos y decrépitos, unos pocos pilares de madera y aleros de teja, que resistían con testarudez de avaro la innovación rejuvenecedora.

Los indios, víctimas propiciatorias, sufrieron continuas vejaciones, maltratos e injusticias durante la construcción del puente. Para servir de tumbas a viejos llenos de podredumbre, pensaba Mario, se sacrificaron millares de hombres en la erección de las hoy demodadas Pirámides de Egipto. No se cometió semejante monstruosidad para anudar el cordón umbilical entre Taguzgalpa y la Villa de Concepción; pero sí los indios se quejaban frecuentemente de que se les hacía trabajar jornadas enteras en el acarreo de materiales, sin remuneración alguna —y devengaban centavos— y cuando quisieron halagarlos les dieron guaro, lo que provocó accidentes, magulladuras en los pies, pues el zumo de la caña los hizo perder el equilibrio mientras transportaban piedras y cal. Sin embargo, el entusiasmo y la energía de todo el vecindario fueron dignos de loa, y a los tres meses y dos días de haberse colocado la primera piedra se concluían los ocho bastiones de que el puente se componía.

Un cronista de la época afirma que «se veían las iniquidades mayores. Un asunto civil se volvía criminal. Se veían hombres con cadenas, con ración y sin sueldo trabajando en la obra y el que no tenía cadenas no tenía ración ni tenía sueldo. Esto acontecía sólo a los pobres, pero no a los señores por estar exentos de todo delito, pues aunque los cometían no se les castigaba y faltaba tiempo para apoyarles sus maldades. En el espacio de tres meses habían experimentado con el alcalde licenciado Mallol lo que no experimentaron en dos años con el alcalde mayor don Simón Gutiérrez, quien los vio como hijos. En el día no hallaban ningún amparo en ninguno de sus jueces». ¡Los pobrecitos indios!

Mario se indignaba al recorrer el capítulo de los repartimientos, de las minas, de las tributaciones, en los cuales los nativos aparecían siempre, indefectiblemente, como seres inferiores, víctimas de la explotación extraña. Pero el puente se sigue llamando Mallol y el nombre de aquel alcalde ha quedado grabado en la médula de la nacionalidad. Mario examinaba si eso sería justo. Posiblemente sí lo es. Ninguna obra grandiosa se ha edificado sin esfuerzos y sin sacrificios.

La catedral de sus inquietudes de niño, de sus sueños de adolescente, de sus amores de púber, estaba allí, con cierta esbeltez y cierta solemnidad. No es la iglesia monumental, elefante de piedra que había visto en otras partes; al lado de aquellas que la fama ha hecho crecer en la imaginación de las gentes, resultaba una insignificante parroquia; pero para su Tegucigalpa, antañona o moderna, sí está en las cabales. ¿Por qué no vivieron los copánides en el centro de Honduras y no en aquel rincón de occidente?

Los copánides y las altas galerías, los enigmáticos monolitos, las pérgolas y las gárgolas que la leyenda y la poesía han cubierto de ciencia infusa. Los copánides se pierden todavía más lejos; más lejos que el borroso Lempira y que el huidizo Alonso de Cáceres; más lejos que los soldados de Morazán. ¿Cómo era?

Lavemos la costra convencional de los textos que en las escuelas obligan a recitar a los niños y los platillos ruidosos de los oradores de aniversarios septembrinos y traigamos a la vista a Morazán y sus tiempos. A las gentes de aquellos tiempos. Iconoclastas en sus pensamientos, Mario encabritábase ante el tabú morazánico. Él amaba al héroe. Lo amaba cálidamente, con amor de tierra y de sima; con admiración de altura y de horizonte; con ternura de vástago y de sangre. Pero el intelectual, el analítico que había en él, deseaba ver a Morazán tal como fue, no como lo pintan; tal como en este instante preciso estaba viendo a ese hombre que va por la calle. Sonreía

Mario leyendo algunas descripciones de las batallas morazánicas, hechas con ampulosidad de un desaplicado alumno de retórica.

¡Qué lejos todo aquello! Y gracias que restaban unos pocos vestigios de ese pasado en las iglesias. Todo se fue borrando, sin dejar rastros.

Encendíase con los renglones de aquellas cartas y de aquellos poemas, henchidos de lirismo, en los cuales se derramó la savia de su primera juventud, cuando los ojos azules o verdes de Eva, ¿verdes o azules... ...esmeraldas o zafiros? y su blanca figura o cuando la aristocrática silueta de Luna Benamor hacíanlo vibrar en los arrebatos o sumergirse en las melancolías de aquellos amores, más platónicos que sexuales.

«Amada mía:

Suenan vagamente las campanas del recuerdo. Tu mirada, tu sonrisa, tus palabras, todo tu ser reaparece diáfano, en mi memoria, en esta hora de las evocaciones. Estás en mí. Vibras, cantas y ríes en la nave silenciosa de mi pensamiento. Eres música, eres perfume, eres arrullo mientras la voz de cristal va poblando de cadencias la soledad de mi alma.

Vienes sutil, callada, suavemente a decir tus salmos de esperanza en la noche fría de mi pensamiento. Llegas a mi corazón como un prodigio luminoso y bueno. Y te veo a mi lado. Comprendo que tus miradas inundan de claridades desconocidas las lobregueces de mis horas en que canta el hastío su monótona balada. Siento que tus sonrisas se abren como pétalos maravillosos en el erial trayendo el mensaje de consolación y amor. Que tus manos buenas cierran mis heridas y que me acarician con suavidades infinitas.

En la soledad de mi espíritu, huérfano de grandes afectos y poblado de quimeras dolorosas, crece mi amor hacia ti porque está iluminado de grandes esperanzas y henchido de gratitudes. Has sido cordial para mi voluntad enferma y bálsamo para mi corazón en los minutos pastosos en que la sombra cae velando amadas ilusiones. Por eso te amo más cada día. Porque en mis instantes de duda, de dolor abscóndito de fracaso moral y de irreverente escepticismo, tú eres la mensajera de la fe; la palabra de consolación y la fuente de alegría.

Me siento solo. Solo con el orgullo indomable que vibra en mi ser y con mis amadas quimeras. Me encuentro solo en medio de la muchedumbre y en la frialdad de mi corazón, en la ausencia de cariños más fuertes que el olvido, tú reapareces. Clamo a ti en mis largas horas meditativas y solitarias. Clamo a ti con un prolongado, intenso y vibrante grito en el que se confunden el dolor de tu ausencia, el orgullo de mis presentimientos, el orgullo de saber amar tan apasionadamente y de ser como yo.

Y toda mi vida, cual un lamento, va a morir de anhelos bajo tu piadosa mirada».

Sí. Eso era lo que sentía aunque el Lorrain vicioso y tal vez falsamente atormentado del *Señor de Phocas,* y las extrañas metáforas de los simbolistas, llenasen de humo pasajero su mente. Quizás tales efusiones debíanse a un estado enfermizo, alguna neurosis precoz o atávica, pues no podía achacarse a estragos alcohólicos ya que él era sólo un iniciado en los paraísos artificiales del autor de *Las flores del mal*, que encontraba verdaderamente artificiales, sin sinceridad. Había visto a Daniel en las garras del delirio alcohólico, sintiendo los espantos de la alucinación; dialogando con amigos fallecidos o ausentes; levantándose en las noches y huyendo al patio o lanzándote a la calle a medio vestir, perseguido por duendes invisibles para los compañeros. Él no sabía de esos sustos, ni de esas angustias. Su desbordamiento lírico fluía como un veneno natural, desde lo hondo de su subconsciencia. Él sí sentía, él sí sabía de aquel orgullo profundo, de aquella ansia de soledad, de aquella necesidad de soledad y de aquel malestar que el roce con los demás le producía. ¿Era misántropo? No, de ninguna manera, pues ese estado no era congénito. Quizás un reflejo de su orfandad, de los años vividos en la desolación de la vieja casa familiar, después de la muerte de su madre, cuando el duelo pobló de silenciosa tristeza el corazón del padre, amargado por varias decepciones y de prematura melancolía el alma del niño solitario. De ahí, sin duda, que sus efusiones líricas frente a la hembra estaban suavemente iluminadas por una luz de altiva desconfianza, mezclada con naciente ternura; manantiales de sensibilidad artística, fina e ingenua.

Su temperamento de artista solía manifestarse cuando la música lo sumía en el ensueño, poseído por la emoción que sólo experimentan aquellos seres que han nacido dotados de facultades extraordinarias; cuando el crepúsculo o la milagrería del cielo estrellado o la bruma del paisaje invernal lo emocionaban; cuando sentía deseos de llorar, vibrando de sensaciones inexplicables. Lamentaba sinceramente no haber aprendido a ejecutar el piano, porque llegó tarde a una cita con el arte musical. Se le anticiparon la muerte y el llanto, colocando blondas enlutadas en el hogar, antes alegre con las melodías de Strauss o las serenatas de Schubert, que Mercedes y Ramiro arrancaban del hermoso piano del salón. Tocáronle a él años de silencio, de orfandad y de pobreza; años de lucha callada y de estoicismo anónimo; fue entonces la literatura, la «ninfa Eugenia», generosa y amplia que trajo los tonificantes elíxires a su espíritu ya atormentado con los sueños do los primeros lirismos y a su cuerpo ya en sazón da pubertad. De aquí su fuerza espiritual, su serenidad de ánimo, su resolución tranquila y escéptica frente a la vida, frente a las miserias morales de la vida, frente a las mentiras de la vida. De aquí su rebeldía, no tumultuosa, como la del loco y la del instintivo, sino razonada como la del filósofo y del pensador. De aquí su independencia moral; su desprecio y su asco hacia lo vulgar y lo grosero hasta el punto que las palabras que chorreaban grosería y vulgaridad le ofendiesen, sin confundir el término con las definiciones creadas de la realidad, tales como las supo interpretar la novela picaresca o la penetrante y sutil indagación de Lawrence.

* * *

La escena fue repugnante, vulgar: Rosa gritó, al mismo tiempo que se sacudían las ciento cincuenta libras de grasa de su cuerpo:

—¡Borracho! ¡Borracho... siempre estás borracho! No sirves para nada. Mi mamá no te aguanta más. ¡Andate!

Daniel no dijo palabra. Había bebido un par de copas. No estaba borracho. Tomó su sombrero y, como buey apaleado, salió de su propia casa. De su propia casa.

Apenados contemplaron Armando y Mario aquel cuadro. Ellos esperaban en el umbral a Daniel, con quien tendrían que asistir a la firma de una escritura. Conocieron a Daniel en la Escuela de Derecho como estudiante pobre e inteligente, enamorado de Rosa que era una muchacha simple y sin recursos económicos, con la instrucción corriente, y de maneras vulgares, que poco disimulaban su gracia femenina. Al graduarse Daniel, apoyado por amigos de influencia social, logró abrirse camino en la profesión. Asegurada su vida, casó con Rosa y, rebosando felicidad fácilmente lograda, la novia del estudiante entró en el hogar del abogado, con su madre, encantada esta última de abandonar su puesto de tenedora en el mercado de San Miguel. El protocolo notarial y pleitos poco difíciles dieron a Daniel una holgada posición económica que gozaron ampliamente, pues él era generoso y cordial, su mujer y su suegra vistiendo con relativa elegancia, llevando vida desahogada y refocilándose en las fiestas de los clubes elegantes de los cuales era miembro el joven. Años de hartazgo, muy lejana la dura época de la pobreza.

Daniel era excelente muchacho, jovial y afectuoso. Como todo joven, quemó sus alas en las llamas de una riente bohemia, pero no llegó a los extremos finales de la subversión del sentido de dignidad. La enfermedad alcohólica sólo hizo presa de él cuando su vida quedó sin brújula, azotada sin misericordia por la incomprensión y la grosería.

Con aquel su gesto de siempre, viril y ancho, Armando dijo:

—Bueno, Daniel... vente a mi pieza.

Más tarde se fue a un puerto del norte, a buscarse la vida, tal vez con la idea de rehacerla, de olvidar. Rosa llegó varias veces a casa de Mario, preguntando por su marido. Mario sintió desprecio por la mujer, que supo aprovechar los buenos tiempos del hombre y que no tuvo un rasgo de tolerancia para él. Pero ya pagaba su deuda. Poco a poco los recursos se agotaban. La madre, acostumbrada a las comodidades que el matrimonio de su hija le proporcionó, temblaba ante la idea de volver a vender en el mercado. Y Daniel no volvía. No volvió jamás. Hizo muy bien, afirmaba Armando. El hombre debe ser hombre en sus caídas y en sus glorias.

Una neumonía fulminante acabó con el amigo. Mario veía su retrato, aquella tarde en que, solo, en el silencio de su biblioteca, se había quedado a pensar, a escribir, a recordar.

La falta de delicadeza femenina, la incomprensión y la vulgaridad lanzaron a Daniel al abismo de la decepción. La falta de comprensión. De tolerancia. ¿Hasta dónde se puede llegar? ¿Cuáles son los grados, los límites de ambas? Pero no. Lo común es el extremo opuesto. Guillotina de los espíritus es el prejuicio. Mario tenía una idea personal de la libertad. El hombre libre es aquel que dispone de su vida y de su voluntad, conforme a los dictados de su propia conciencia, sin perjudicar a los demás, pero sin esclavizarse al qué dirán. Mas eso es tremendamente difícil en una sociedad basada en la hipocresía y en la ficción; Mario se vengaba de los renunciamientos que ella le imponía, riendo a solas. Cataloga a sus semejantes en tres categorías: hombres, hombrecillos y homúnculos.

Hombre es quien piensa y actúa con el valor de sus ideas y de sus actos, en entera lealtad consigo mismo. Un día Mario encontró a Daniel completamente borracho en un sitio frecuentado. Verlo y pedirle que le acompañara a casa para librarlo de la situación en que estaba fue resolución de un segundo. Alguien reprochó:

—Mario, déjalo. No debes acompañarlo en ese estado. Creerán que tú también estás borracho.

—Sólo sé que debo ayudarle.

El hombrecillo vacila ante insignificancias como esa y el homúnculo habla de moral y de religión para excusarse, o simplemente huye.

El día anterior encontró en una fiesta a Eva, después de muchos meses de no verla. Veinte años. Ni ella ni él acusaban haberlos vivido. Parecían ser los mismos. Sin embargo, casi un cuarto de siglo, extraños uno y otra, había transcurrido. En su oído resonaban con timbre igual aquellas ya lejanas palabras:

—¿Qué hizo de mis cartas, Eva? Sin duda las habrá destruido.

Y la réplica inmediata y sencilla.

—Eso no se destruye fácilmente, Mario.

Reproducíase en su mente todo el tropel de pensamientos que al escucharla lo había casi trastornado y la emoción, el arrepentimiento atroz, la tremenda acusación que a sí mismo se lanzara. ¡Qué tragedia! ¿Por qué no había él hablado, por qué no hizo pedazos aquel sentimiento que le cohibía expresarse libremente ante la mujer amada, como lo hizo antes en tantas ocasiones? ¿Por qué... por qué? Lances fugitivos, amoríos que principian en un tango cuando los cuerpos se enlazan poseídos por la fiebre sensual y terminan en un vals cerca del amanecer.

Pero eso no era lo que quería él para Eva. No. Eva pertenecía al mundo de sus sueños, de sus visiones, de sus soledades, de sus angustias, de sus orgullos. Y ahora, ahora que ella le revelaba que hubiera sido correspondido, era tarde. Tarde. ¡Fatídica palabra!

Luna Benamor también estaba allí. Y Carmen, una bella y tentadora mujer a quien amó en su primera juventud. Todo, mujeres, amigos, libros, alegrías, decepciones, desfilaban por el cuarto silencioso. Y María Elena, que era la realidad de carne y de sangre. Sus hijos.

Huía de sus recuerdos y se abismaba en los anaqueles repletos de volúmenes. Pasaban edades, ciclos fulgurantes, llenos de gloria ruidosa, épocas grises escondidas en la hermética mudez de los claustros; eclosiones de pensamiento brillante y terso; remansos de austera filosofía y tormentas demagógicas. Maquinalmente repetía trozos gastados por el uso, de esos que los maestros, héroes en la tranquilidad de la cátedra, recitan ceremoniosa y marcialmente a sus discípulos:

Leónidas en las Termópilas: «Tirad más flechas para que cubran el sol y no nos encontremos». Nelson en Trafalgar: «La vieja Inglaterra (esta sí que es vieja) espera que cumpláis vuestro deber».

Un general a quien no recordaba en una batalla, y esto sí que está bueno:

«No tiembles, cuerpo miserable, que mi alma está serena». ¡Oh qué hermoso trozo de ópera!

Paco Reyna, junto a cuatro hombres, señalando un cerro, mientras sobre ellos llovía plomo.

—Nos van a joder, pero... ¡vamos!

Yo no creo, monologaba Mario, que Cristo, con tres grandes clavos metidos en el cuerpo y después de las fatigas de la Calle de las Amarguras y los cilicios y todas las angustias que antes soportó, haya podido tener fuerzas para hablar desde la Cruz del Calvario. Pero Cristo no fue hombre, sino Dios. Me agrada más Jesús-Cristo, hombre, que Dios. Si fue Dios, no sufrió; entonces se explica que soportara los clavos, los azotes y la lanza de Longino. Si fue hombre sí sufrió, y es más grande, aunque ya la hemorragia no le permitiera decir tan buen discurso en la cruz.

Por el mundo van muchos Cristos, sin la lanza de hierro del soldado, pero con otras más agudas. Y muchos Quijotes pero, como todo brillante que manos sucias ensucian, eso de llamarse Quijote ha llegado a ser una baratija de mercado.

159

Y con los ojos del ya cincuentón siglo XX veía Mario la pequeñita ciudad de Dionisio de Herrera, la villa del padre Zelaya, la perdida aldea aborigen, la capital del Recolet Reyes que hizo venir el primer piano y la primera imprenta, la que vivió bajo el fuego fratricida en el 94, la que en sus blondas nocturnas arropó sus miedos infantiles; la veía crecer, embellecerse, estilizarse, abrirse a los horizontes, derramarse por las colinas y los predios aledaños. Allí estaba El Picacho de sus años párvulos con sus sanjuanillos y sus nances, conquistado hoy por la moderna arquitectura; allá apuntaban las agujas de Suyapa, la Suyapa de las peregrinaciones, hacia la cual iban los romeristas arrodillados a dar gracias a la Virgen y donde los indios que desfilaban por Tegucigalpa, desconfiados, herméticos y cabizbajos, dejaban sus iconos de milagrería, ya casi adosada a las edificaciones de cemento armado de San Felipe. Allí estaba el río Grande sobre el cual había lanzado el progreso un brazo de hormigón, réplica de este siglo al diez y ocho; y a la vera del río los mosaicos árabes, las pétreas torres de un palacio y el macizo retador del estadio. En las viejas calles, ya pavimentadas, se encontraban por doquier grandes edificios de cemento con escaparates exhibiendo maniquíes, telas y perfumes; y por doquier también hermosas residencias particulares, en lo plano y en las cimas, de estilo colonial o moderno, con líneas aerodinámicas. Las mujeres hablaban de las últimas modas en los salones de belleza, del tecnicolor y de la conga; los niños del fútbol, de bicicletas y de *cowboys*; los hombres jóvenes, de doctrinas marxistas o fascistas, de bombas atómicas y de tetramotores, de mujeres y de corbatas pintadas a mano; de poesía sin poesía y de jaiboles; los hombres maduros, de vitamina y de inflación.

Terminó la tarde leyendo varias páginas de un libro que hacía poco había comprado. Un libro raro, en cuyos capítulos encontraba muchas ideas suyas. Lo mismo le ocurrió con otros. Pero este ofrecíale una novedosa interpretación de sus propios sentimientos más íntimos, de sus personales reacciones ante los hombres y ante los sucesos, ante la literatura y ante la realidad.

—Este cerro es un gran osario.

—Sí. No sólo este cerro. Tal vez todo Honduras. Muerte, destrucción, barbarie.

—Aquí clavaron una bandera los revolucionarios. Pronto fue arrancada por los defensores. Yo veía el combate desde el tejado de mi casa. El ataque fue vigoroso y audaz, pero infranqueable la defensa. Después de subir hasta la cima, los revolucionarios tuvieron que replegarse por el fuego de las ametralladoras. Quedaron en estas faldas muchos muertos. Esto es un osario, igual que aquel y aquel otro.

—La fama del Picacho es tétrica. Escenarios del salvajismo, del crimen. ¿No lo crees así, Mario?

—Ciertamente. Pero ¿no habrá algo más en eso?... Hay algo más. Las matanzas de Honduras no son únicamente producto del orador de barricada, ni del politicoide, ni del cacique; algo más profundo debe haberlas motivado. Algo más fuerte ha existido. Algo inexorable...

—¿Fatalismo?

—Bien. Como no hemos tenido sociólogos, ni historiadores, ni siquiera cronistas, el estudio serio de nuestras enfermedades sociales no se ha intentado. Tal vez así hubiéramos encontrado la clave o las soluciones de muchas incógnitas. Por lo menos hubieran sido planteadas. Pero nuestros genios se han conformado con repetir el lugar común; nuestra prédica política no ha pasado del tabú de la Revolución Francesa; nuestro afán investigador nunca se insinuó y lo que hubo de bueno se diluyó en un lirismo infecundo o en una estúpida sumisión al medio hostil, intransigente y pueblerino.

—No hemos salido de la montonera, del militareo, del cacicato.

—Ha sido difícil. Es difícil y esos no son problemas que se resuelven mediante un simple cambio de nombres o etiquetas. El mal lo padecemos todos. Las generaciones que nos precedieron lo padecieron. Nosotros lo llevamos en la sangre y en la idea. Sería obra generosa librar de ese mal a las generaciones del futuro.

—Para hacerlo se necesita barrer.

—Barrer, sí. Barrer con muchas cosas. Pero no así a la diabla, con el mismo impulso ciego del revoltoso. No con el instinto homicida del montonero. No. Eso sería amontonar nuevos crímenes sobre los viejos. Para realizar esa labor antes hemos de curarnos; y esa cura, Armando, es tarea de años... de tiempo, de paciencia.

—Jorge piensa en el socialismo como el mejor remedio.

—Quién sabe, quién sabe. Yo creo que no resolvería nuestros problemas. Posiblemente los agravaría. Tal vez. De todos modos no es viable. Quizás algunas reformas.

Así sí, paulatinamente : aquello que fuera beneficiando a los menos afortunados. Aquello que es justo, mejor dicho: humano. Porque hay una serie de asuntos que son simplemente humanos... Pero no se podría ir a lo profundo por el peligro de un desquiciamiento total de la nacionalidad. Sería una catástrofe, dadas nuestras peculiares condiciones. Además, nadie estaba en capacidad de realizar una reforma tan grande dentro de nuestra estructura económica y social. Nosotros, Armando, somos todavía una nación provinciana.

—¿Cómo así?

—Pues muy claro. Mira para el caso a una muchacha tímida, sin roce social, con poca cultura, aunque de la postiza que se presenta en un salón. Está en situaciones difíciles, se corta, balbucea, sonríe tontamente. Eso somos nosotros todavía. Una muchacha tímida. Estamos atados por concesiones, tratados, obligaciones ineludibles. Estamos presos dentro de la órbita o cárcel geográfica. Dependemos. No somos dueños de nosotros mismos. ¿Qué haríamos con el comunismo en casa? Sencillamente agravar nuestros males. No estamos maduros para eso. Ni siquiera sazones. Somos una fruta verde.

—Con muchos problemas sociales. Sí que los tenemos. Pero no hay que confundirse. Este es el pecado de los ideólogos y de los teorizantes, aun cuando piensen de buena fe, como Jorge. Jorge se ha dado una indigestada de Marx, de Engels, de Lenin y confunde lamentablemente las cosas y los casos. Como tesis, como ideas generales, como abstracciones, sus pláticas son excelentes. Pero no como realidades. Es en la realidad donde nacen y se

163

construyen las naciones. Es la realidad, la vida activa, lo que proporciona los materiales de construcción. Jorge no hace distingos: clasifica nuestros problemas junto a los mexicanos, salvadoreños o europeos. En esto yo aplico la sentencia de algunos médicos: no hay enfermedades, sino enfermos. Tú no puedes tratar a todos los pacientes con iguales fórmulas. El nuestro es un caso, así como el del Salvador es un caso; y el de Colombia, y el de Cuba. Lo inteligente y lo práctico es buscar los remedios para cada una de las afecciones que molestan a nuestro enfermo.

—Nacionalismo, entonces.

—En cierto sentido sí. Hay males que deben tratarse a base de un nacionalismo trascendental...

Abajo extendíase una hermosa faja de tierra plana, con ligera prominencias, desde el pie del Juana Laínez hacia Suyapa, hacía Villanueva, hacia Toncontín.

—Si tú conocieras Río de Janeiro, Armando, estarías pensando ahora lo mismo que yo. Sentirías esa ambición de ver a Tegucigalpa como se ve Río. Sentirías ese despecho, esa cólera, esa impaciencia de que no sea así. Mira allí, el Picacho, e imagínalo cubierto de chalets; mira abajo esas planicies, sueña con barrios residenciales, con colonias obreras, con fábricas, con bulevares, con parques, con zona universitaria, con un palacio para la Biblioteca Nacional, con salas de lectura, hospitales y dispensarios, con un Palacio de las Artes: música, pintura, escultura; con muchedumbres hormigueando por las avenidas, los almacenes, los clubs.

—Sueños, Mario. Sueños que durarán muchos años.

—Sueños, que nosotros no veremos realizarse.

Pero algún día, Tegucigalpa del aborigen que vendió su destino por una baratija, que no lo vendió, que lo entregó sombríamente, fatalmente. Quizás la pupila del blanco le hipnotizase. Quizás era esa pupila como la de las serpientes y el triste indio cayó de hinojos. El triste indio dejó la tierra y la plata y la mujer en las manos rapaces del blanco y se hundió en la noche, y la garra abrió la tierra y arrancó la plata y se crispó en la carne morena de la india y la india fue fecundada. La india fue fecundada y vino la nueva raza, con los avatares del blanco aventurero y rapaz y del indio triste y resignado. El blanco dio gravidez a la india, pero no la dio a la tierra. Sólo quería romper la corteza, penetrar, robar la plata, y la tierra siguió yerma. No apareció la espiga ni la flor. Sólo sangraban las entrañas. Sangraban oro.

El blanco traía la fe en un dios que el indio hubo de adorar, y para que la fe lo sostuviera en la búsqueda del oro, el blanco le construyó casas. En las iglesias se albergó la cruz, en los cabildos la vara del edil y en los cepos el azote del capataz y el capataz, el edil y el cura forjaron la nacionalidad.

«Cerro de Plata» es hija de la codicia.

Más blancos habían arribado a las costas de Hibueras, y en el valle ardiente surgía el pueblo del Adelantado y en otro valle ardiente brotaba un centenar de iglesias que se llamó Valladolid, y allá, para donde el sol declina, nació la leyenda, y todavía más lejos, los copánides llevábanse el misterio de sus símbolos. Los grandes ríos arrastran ahora las trozas de maderas hondureñas que los indios de hoy, tan inconscientes como sus ancestros, regalan a la explotación extranjera y los barcos trepidan con el peso del oro verde que va al exterior, en tanto un demagogo escribe injurias en los pasquines y algún matón limpia el arma homicida para suprimir paisanos en nombre de la libertad.

El odio al odio, la guerra a la guerra, la urgencia de ir hacia la civilización, brotaba de la tierra yerma, de las piedras grises de aquel cerro trágico. Mario oía el repique de las ametralladoras en las noches oscuras y los alaridos de los combatientes; veía a los forajidos que iban por las calles, borrachos y torpes, cometiendo asesinatos y saqueos; recordaba a los indios, vencedores más tarde, que arrastraban sus enormes machetes; el caite imperaba y el corvo era el amo; el politicoide ocasional y farsante, sin ideas, sin escrúpulos; el adulón y el traficante hacían buenas migas; en tanto un penco arrojaba los intestinos por el boquete que le hicieron con el calibre once, bajo un letrero negro que decía: redención.

Y en las noches oscuras, cuando se transformaban en castillos de pirotecnia los cerros; y en los claros días en que cantaban las torcaces ajenas al dolor y a la muerte, unos ojos castaños enseñaban a Mario el a b c del amor y la voluptuosidad.

Después, los ojos castaños se perdieron en la bruma del tiempo, igual que aquellas tardes de su adolescencia cuando iban a robar mangos allá por El Bosque. En las grandes procesiones de la Semana Santa, mientras reía viendo a los muchachos pequeños repetir lo que hizo él muchas veces, al recoger papelillos del suelo para echarlos a las mujeres; en tanto las imágenes religiosas arribaban cerca de los grandes castaños del Calvario, o sonaban la matraca en la torre catedralicia, unos ojos ambiguos acariciaban su deseo. La mujer vestida de negro, la Tanagra criolla que venía siguiendo desde algunas semanas, pero Liliana vigilaba, medrosa.

—¿Me quieres? Ya no me quieres.

Y parloteaba la garúa en los jazmineros blancos e impolutos; brillaban las estrellas en la Vía Láctea. La Tanagra criolla fijábase en su mente y en su sangre, con un rumor de preces y un aroma de incienso, y Tegucigalpa seguía creciendo. Ya no brillaban faroles sobre la vara del edil ni salmodiaban serenos sobre los pilares del barrio de Los Horcones, ni en la plaza de la Parroquia; ya sus trasgos familiares, los locos y los dundos que llenaron de muecas grotestas su infancia, se habían ido. La ciudad madre cambiaba de ropas. Se engalanaba. La Tanagra criolla perdiose un día junto a los muros catedralicios y unas caderas frondosas sustituyeron su estilizada silueta. Cesaron las preces y borráronse las capas moradas de los acólitos. Frenesí de jazz-band inundó su vida y apetencia de sexo inflamó su sangre hasta que fue a dormirse en la quietud de un remanso de zafiro. En las aguas inmóviles de las gemas, Tegucigalpa crecía. Automóviles y aviones la invadieron, cine sonoro, radio, *english spoken*, *beauty-parlors*, barajas y sirios. Tegucigalpa del indio triste y del blanco rapaz. Tegucigalpa del 21, de Tranquilino de la Rosa, y de Francisco Morazán. Tegucigalpa del primer automóvil y de la penúltima carreta. Tegucigalpa del 47 y de las líneas aéreas transcontinentales. Tegucigalpa de la zona universitaria y de la ópera, de la politécnica y de las luces férricas. Tegucigalpa de las colmenas obreras y de los barrios residenciales; Tegucigalpa, cerro de plata.

—III—

EL VIENTO LOCO

El aquilón rugió sobre la tierra de Honduras. Hombres, azotados como hojas secas, cayeron en aquel campamento, desde todos los rumbos del país. Hombres que confundieron sus miserias en la gran miseria común. Y sus odios en el odio colectivo. Y sus hambres y sus codicias.

«Taciturno» se deslizó como una sombra dentro del recinto. Una sombra que llegaba de muy lejos. Una sombra de avatares. En las líneas de su rostro inexpresivo no podía leerse palabra alguna. Sus pupilas estaban apagadas y sellados sus labios. Sólo el ponche infernal les daba a aquellas un pasajero brillo siniestro y hacía entreabrirse éstos en una jerga de borrachera. Pero la figura de «Taciturno» decía mucho; era elocuente, con elocuencia de noche cerrada, de piedra inmóvil, de grito perdido. El hombre llegaba de allá, de por aquel lado donde el sol declina; tal vez alguna remota mañana el cobre de su cuerpo brilló en el Congolón señero, quizás rodó su talla entonces vigorosa por los abismos, dentro de un estruendo de peñascos desgajados y de aljabas rotas. O quizás el Pico Sumpul señoreó el pueblo donde vivía, más acá de la cordillera, en aquella ciudad que hubo de dormirse en el misterio, "Taciturno" fue tal vez hierofante, príncipe o guerrero —o tal vez, tal vez fue artista; uno de aquellos maravillosos artistas que cincelaron el calendario maya y erigieron los soberbios palacios y los esbeltos monolitos. El polvo de los siglos los arropó y ahora el indio sólo tiene en el rostro grabado un jeroglífico impenetrable como el de las estelas.

«Taciturno» vino con la mesnada. Un día el cacique dio su alarido allá por los cerros donde el sol se pone y de los ranchos de manaca y de las hondonadas y de los huertos de duraznos salieron los indios. No portaban aljabas, ni engalanábase con plumeros multicolores. El cacique les puso en el hombro un fusil, en la diestra el corvo y en la siniestra el aguardiente. Y la mesnada abandonó con gritos confusos y gestos torvos sus montañas para caer, como huracán, sobre la planicie del centro.

«Taciturno» se encontró en el campamento con el hombre que llegaba del lado donde nace el sol. El hombre que olía a tabaco y flor de coyol. El hombre que traía luz de inmensa llanura y agua del padre Patuca en las pupilas que se bebieron los horizontes de la Mosquitia, allá por donde los ríos arrastran oro, allá por donde van las canoas de los zambos y las trozas de maderas de color que Honduras, madre dadivosa, regala al extranjero.

El hombre que vino de occidente y el que llegó de la pampa del coyol reuniéronse con los hombres que arribaban con fiebres palúdicas desde los bajíos que baña el Choluteca cuando va a morir en el golfo maravilloso arrastrando ceibos y amates; desde las playas soleadas donde los caimanes se convierten en piedras; y con los que habían surgido del aula que bautizó un buen cura, amigo de batos y pastoras, en medio de los cerros que tienen entrañas de oro y plata; y con los que el bananal ajeno arrojaba hacia el interior del país, trémulos de ansias insatisfechas y roídos por morbos implacables.

La mesnada estaba en marcha. Así fue, durante años, durante ciclos enteros, periódicamente, cronométricamente. El cacique y el demagogo interrumpían su sueño de ignorancia, de hambre y de pereza. El cacique con el alarido. El politicoide con la promesa. El politicoide la intoxicaba con ofrecimientos, con frases, con apetencias. El cacique la enardecía con alaridos. Se le ofrecía la perspectiva del pillaje del saqueo de las haciendas, de los almacenes, de las cajas fuertes. La mesnada veía el caballo, la vaca, el huerto, la moneda. Veía a la mujer. Y marchaba por los caminos. El penco, que momentos antes había sacudido su modorra para cobrar la gloria de la espiga, huía despavorido hacia el guamil y la hembra quedaba sola, en el umbral, viendo cómo la mesnada inundaba su heredad. A veces "Taciturno" llegaba el primero sacando ascuas a los guijarros con el filo de su corvo. En otras ocasiones tocábale el turno al hombre que surgió del aula o al que vino del lado donde nace el sol. El rancho llenábase de quejidos y de jadeos. Y la hembra sentía inundarse su cuerpo.

En la sabana, bajo el pinar; en el llano, entre los espinos, caían las reses mientras el horizonte crujía con los disparos.

Cuando la mesnada acercábase a una gran población, las torres coloniales se empenachaban de relámpagos.

El acero abría claros en las compactas filas, claros marcados con grandes manchas rojas. La mesnada deteníase, vacilaba, retrocedía. Pero una y otra vez sonaba el alarido. Una y otra vez se repetía la promesa. Una y otra vez el aguardiente rascaba la garganta. Y la mesnada se lanzaba. Tras ella: muerte, humo, ruina, odio. Antes y después: sombra. Y allá en lo intangible, allá en la mentira y en la farsa, unos rótulos que dicen libertad, progreso, bienestar. Como si se liberaran los cadáveres. Como si fuera posible poner a marchar a los muertos hacia la tierra prometida.

La neblina cubría el cerro arropando el suave, el dulce sueño del amanecer. Sobre la grama húmeda habíanse tendido los hombres cansados. Sus rostros fieros fuéronse humanizando poco a poco hasta sumirse en la quietud. Algunas luminarias brillaban débilmente bajo el ocotal. Y allá la tenebrosa montaña verde-oscuro.

Juan Faroles hablaba con voz cansada. Un cansancio que subía desde lo hondo. Desde lo más hondo de su alma. Desde lo más hondo de la tenebrosa montaña. Desde la siniestra hondura de los socavones donde va quedando la vida. Allá donde el túnel se para ante la roca y donde el hombre deja el pulmón pretendiendo abrirle paso con el barreno. Cansancio de pulmones destrozados que han ido dejando sus maldiciones, con salivazos rojos, por las secretas rutas del mineral, en las profundidades que los demás hombres no ven, en las profundidades que escupen su horror por las bocaminas, hacia el pueblo amodorrado abajo y hacia el *trust* ensorberbecido, arriba.

—El mineral es como una colmena. Allá vivimos muchos hombres.... casi todos vivimos de noche, en la oscuridad que rompen los faroles...

—Por eso te llaman Juan Faroles.

—Sí... Juan Faroles, Juan Faroles. ¿Saben ustedes lo que un farol significa dentro del túnel? Cuando te quedas como ciego, cuando no sabes adonde ir, aparece Juan Faroles y es como si vieras el sol; como si vieras el sol en una tumba de doscientos metros de profundidad...

Y Juan Faroles siguió narrando con voz que arrastraba una fatiga de siglos los horrores de la gran sepultura donde cien, trescientas existencias se han podrido; donde se han podrido la fe y la esperanza; donde el mocetón dejó sus pulmones y convertido en espantapájaros por la tisis salió a regar la fatal simiente por los ásperos o los blandos caminos de Honduras hasta extinguirse, hasta borrarse como una sombra, mientras una escuálida mujer y unos niños hambrientos quedaban al margen de la vida, sin saber nada. El barreno en seco y la silicosis que asesinan lentamente; el derrumbe que abate cuerpos cuando las galerías inseguras y mohosas quiébranse con un estrépito que se queda ahogado en la noche de la inmensa fosa; los miembros de seres destripados por los carros cargados de grava que se precipitan locamente, y la salida por la bocamina, al aire libre que tonifica; y el eco de carcajadas extranjeras que en las cómodas casas de la compañía revelan el regocijo de los altos empleados por los dividendos obtenidos a cambio de vidas humanas.

Juan Faroles era alto y seco. Llevaba la noche en los ojos. Una noche milenaria. La noche del indio que vio brillar estas mismas estrellas sobre la tierra que fue suya antes de que el blanco alzara la cruz en las primeras ermitas. La noche del indio que jamás supo que estaba sentado sobre montañas de oro; del indio que el látigo del capataz obligó a cavar en la madre tierra. La noche que ha seguido siendo noche oscura para las generaciones que engendraron el blanco aventurero y la india resignada y que es noche todavía en las conciencias adormecidas por el sopor ancestral. Juan Faroles era apenas una lucecita, como su linterna de mano en la oquedad del túnel. Juan Faroles no podía alumbrar las conciencias de los hombres porque estaban ciegas de codicias y de rencores.

La neblina se alzaba ya hacia los picos más altos de la sierra y en el cerro pardo donde se habían tendido los hombres, la claridad solar caía suavemente.

—Hay que moverse. ¡Formen!

Una voz clara y fuerte, pero serena, pasaba de grupo en grupo. Hombres acurrucados en torno a una pequeña pila de piedras de donde salía una delgada columna de humo, se incorporaban alzando los rifles y arreglándose las cobijas sobre las espaldas. Hombres que reían formando animado coro cerca de algún pino gigante desparramándose hacia puntos distintos; un indio levantaba en vilo las alforjas repletas quién sabe con qué cosas; un campesino hacía brillar el cara de gallo; un muchacho cenceño arreglaba con primores de nodriza los chifles de la Thompson; algún jinete ponía la nota de privilegio en la tropa de desarrapados. La voz clara y firme continuaba sonando de grupo en grupo.

—Organícense. Seguimos la marcha. Es hora.

Marchaban los montoneros por el filo de los cerros que sucedíanse unos a otros en prolongada cadena hasta perderse en el desvaído horizonte. Eran colmas ocotalesas, donde el árbol verde y musical, que da madera para el fogón del campesino y para la estufa del rico, crecía pródigamente. Los nudosos troncos de los ocotes viejos estaban tan cerca que a veces apenas cabía un cuerpo entre ellos. Pequeños o grandes núcleos de pinos tiernos iban emperifollando de verdes suaves las crestas de los cerros pardos.

—Si hacemos esta jornada sin que nos topen los soldados, podremos llegar al pueblo anocheciendo y entonces...

—Entonces... ¿qué?

Aquel «entonces... qué» era la promesa para los montoneros. La vaca, el hartazgo, el jergón o la tarima, la mujer. Marchaban alegres o taciturnos; unos fanfarrones, sombríos otros. Juan Faroles recordaba una lucecita perdida en la tumba. Si pudiera él largarse con un patacho de mulas de las que bajaban a Tegucigalpa cargadas de barras de oro y plata. ¿De quién eran aquella plata y aquel oro que desde su adolescencia vio salir Juan Faroles de la bocamina y alejarse de sus manos hacia rumbos ignorados? ¿No los habían extraído él y el Tísico y el Pocho en una pelea con la roca, exponiendo el cuero cien veces al día, temblando al oír el estrépito sordo de los derrumbes subterráneos, sin preocuparse por los esputos de su compañero que salían rojos desde las cavernas de los pulmones? Cavernas, como las de la mina.

Ahora las barras no iban en patachos de mulas que bajaban a Tegucigalpa desde la montaña tenebrosa. Por las calles de la capital habían pasado durante más de medio siglo. Los vecinos los veían desfilar con indiferencia. Tal vez algún curioso preguntaba:

—¿Qué llevan esas mulas?

—Oro y plata de San Juancito.

Durante más de medio siglo los patachos cansinos y grises trotaban mansamente por las empedradas calles de la capital. Y en los bancos del extranjero se apuntaban cifras fantásticas a la cuenta de ganancia del *trust*.

—Si yo me hubiera quedado con una sola mula —rumiaba Juan Faroles.

Taciturno tenía la neblina en los ojos inexpresivos. La neblina amanezquera. Pero era la neblina de los huertos de duraznos que deja borrosa la silueta de la india, hasta que el sol principia a arder y hasta que el ponche infernal quema las tripas y hace erguirse la virilidad del macho.

—Ahora ya no desfilan los patachos— reflexionaba Juan Faroles—. Ahora el oro y la plata salen en avión...

—Mirá el camino, Faroles. ¡Alúmbrate... que te caes!

—Gracias.

El grito lo había salvado. Abajo, muy hondo, corría el arroyo blanco y delgado como una culebra, en medio de peñascales de cuyas grietas salían las orquídeas moradas y amarillas.

—¿Es que no dormiste, Faroles? ¿O es que te tomaste una cuarta?

—No, jefe. Era una alucinación.

—Déjate de cuentos y ve por donde caminas.

Una alucinación. Juan Faroles había perdido la línea. Había perdido el camino. Su linterna no echaba luz. Saliendo bruscamente de la tumba, la claridad lo había encandilado y Juan Faroles perdió el paso. Vuelto en sí, marchaba con los ojos puestos en los calcañales del compañero que iba adelante, por el sendero que zigzagueaba entre ocotales y peñas, hacia lo desconocido, hacia la muerte, hacia la resurrección.

Frente a los montoneros que seguían el filo de los cerros pardos, alzábase la cordillera verde abajo, blanca arriba. Los picos se enfundaban en las nubes. Los túneles estaban tal vez bajo sus pies. ¿Hasta dónde llegaban los túneles de San Juancito? Se han metido en el vientre oscuro de la sierra, penetrando más y más. Caminos secretos, caminos tenebrosos que sólo los mineros conocen, que sólo las linternas descubren, que respiran por los agujeros de las bocaminas, caminos de la muerte y del olvido. Una voz le decía a Juan Faroles:

—Si te hubieras quedado con una mula.

Esa voz no habló al indio triste que dio lo suyo al blanco aventurero. El indio triste dormía sobre montañas de oro y plata. Vino el blanco con el mosquete, el látigo y la cruz. Vino el macho blanco. El indio dejó la tierra. La india se entregó al blanco. San Juancito, Santa Lucía, San Antonio, Yuscarán. El indio moría abonando con el calcio de sus huesos la tierra que el blanco explotaba. El indio moría sobre los yacimientos de oro y plata que eran suyos. Y un rey loco, desde un palacio de España, grande como un cerro de piedra, quería ver a un Cristo negro que había regalado a los buenos vecinos de Santa Lucía. El indio agonizaba a los píes del Cristo negro. Y el cielo seguía impasible.

Cuando principiaban a caer las sombras de la tarde, cundió la alarma entre los montoneros. Venía de los hombres que iban adelante. La avanzadilla hizo disparos. La montaña los devolvió repitiéndolos mil veces. Algunos llegaron, jadeantes, al centro de la columna.

—No disparen. ¿Qué pasa?

—Vimos unos soldados, jefe.

—¿Dónde?

—Abajo, cerca de una casita, detrás de un cerco. Nos están esperando, jefe.

—No tiren. No sean brutos.

Seis montoneros salieron en exploración. Deslizábanse sutilmente por los lechos de hojarasca seca en las laderas hasta caer muy cerca de la casita. No había nadie.

—Dieron la alarma al pueblo, de seguro.

—¿A cuánto estamos del pueblo, Faroles?

— A una legua, jefe.

—Bueno. Descansen. Pongan centinelas. Ya casi es de noche.

—Y le entraremos a los soldados, jefe.

—Nosotros daremos la hora.

El pueblo dormía tranquilo. Un bloque de casas de adobes cruzado por diez líneas sinuosas de norte a sur y cuatro de oriente a poniente. Las torres de la iglesia emergían como dos agujas en un cañamazo. Enfrente de las agujas, el pequeño tablero de la plaza limitada por las tiendas y el cabildo. El cura tomaba allí cerca sus chocolates y bautizaba a sus «sobrinos». El comandante local tenía arrimados los cinco rifles del resguardo contra la pared y su asistente roncaba sobre un petate, en el suelo. El telegrafista, seguro de que el tic tic tac tac del aparato no lo interrumpiría, descansaba en un catre. En las charcas de los solares croaban las ranas, alzábase el enjambre de los mosquitos y un grillo solitario tocaba su cornetín.

—Vamos, muchachos... sin hacer ruido.

Los montoneros habían llegado junto a las primeras casas del pueblo. La voz tranquila ordenó:

—Juan Faroles por la izquierda, a la comandancia. Taciturno por el centro, al telégrafo. Nosotros por aquí.

En la noche callada estalló de pronto el trueno de las descargas. Los montoneros invadían la plaza rompiendo puertas y ventanas. Gritos, aullidos, alaridos, sollozos, ayes llenaban ahora el silencio plácido. El comandante era un odre abierto a cuchilladas. Una y otra llama buscaban la altura. El estanco cuya puerta desvencijada dejaba pasar a los montoneros estaba más asediado que lo había sido el cuartel. Los hombres se estrujaban, se golpeaban por entrar los primeros. Y los gritos cada vez más feroces indicaban el alza de la temperatura en aquellos seres ávidos de pillaje y de sangre.

Taciturno había llegado al telégrafo. El empleado quiso huir con el aparato, pero los indios le cortaron el paso. Después de apoderarse del aparato, dispusieron colgar al empleado. Pero alguien, alguien que tenía raro poder de mando sobre aquellos hombres, dijo sencillamente:

—Déjenlo, no somos asesinos. Tomen los rifles, el dinero, las cobijas, la comida. Todo lo que sirva.

Y en los ojos de Taciturno se apagó aquel extraño fulgor que los iluminaba cuando el ponche infernal le quemaba el estómago o cuando alguna brasa que llevaba adentro, muy adentro, avivábase sin saber por qué.

Cuando sonaron los primeros disparos, las dos hijas de don Onofre Ferrera huyeron hacia el patio, buscando el abrigo de los graneros, a la sombra de los naranjales. Escondidas en una caballeriza temblaban al eco de las descargas y los gritos. De las casas de la plaza subían cárdenos reflejos. Más de un grupo pasó cerca y oyeron ellas enronquecidas voces de hombres y llantos de mujeres y niños. Las negras siluetas de algunos jinetes se dibujaban con vigor efímero en la semipenumbra del patio. Golpes fuertes hicieron temblar toda la casa.

—¡Dios mío! Ya vienen.

Pero no. No llegaban. Pasado el susto, quedábales el miedo. Don Onofre había huido calle arriba. Con su escopeta, sus botas de montar y su sombrero ilama, confundíase fácilmente con los montoneros. A la medianoche el tumulto se acercó a la casa del viejo rico del pueblo. Las puertas cedieron a los culatazos y una veintena de revolucionarios precipitáronse al interior destrozando muebles y vajillas, en busca de dinero. Algunos ambularon por el patio y fueron en busca de bestias. El zacate seco cogió fuego y en la noche lóbrega más alto que las enronquecidas voces de los asaltantes estallaron gritos de pavor.

—Ajá. vamos muchachos, por aquí hay faldas.

Una de las hijas de don Onofre salió de la caballeriza, en fuga desesperada. Tres montoneros fueron tras ella. Otros ocho penetraron al establo. Allá en un rincón, casi desnuda y desmelenada, hecha un ovillo de angustia, estaba la otra.

—Dios mío... Dios mío...

—No tenga miedo, niña...

El montonero, congestionado por el guaro y la pelea, se acercó rápidamente. La muchacha gimió y perdió toda energía. Después fueron los siete restantes. Afuera, continuaba el estrépito del saqueo.

Mariana corría por los solares y refugiábase en los graneros, borraba su sombra en las esquinas. De pronto, se encontró dentro de una casa abierta, mitad en llamas. No podía más. Entró para reponerse, tal vez ellos se marcharían pronto, después de vaciar las tiendas, la receptoría y los estancos. Deslizábase hacia la parte oscura cuando vio enfrente en el centro del patio un grupo de hombres sentados o de pie. Los revolucionarios. Retrocedió. Quiso huir. Una figura alta y gallarda se irguió, en el claro vano de la puerta, ante ella.

—¿A dónde va?

—Déjeme... déjenme por favor; bandidos... asesinos. Déjenme.

—Pueden oírla mis hombres. No alborote.

Sentíase vencida. ¿Qué podía hacer? Estaba en manos

de aquellos montoneros fieros y temerarios que se habían adueñado del pueblo. ¿Su hermana? Sí... su hermana. A ella le ocurriría lo mismo.

—Vamos, quieta, no muerdas.

El hombre parecía diferente de los demás. No se veía ferocidad en su rostro, ni violencia en sus ademanes. La voz sonaba tranquila, pero autoritaria. Era casi simpático.

Los del patio venían hacia adentro. Sus voces llenaban el espacio. En sus voces aullaba la lujuria.

—Bueno, Jefe. ¿Nos deja?

—No.

—¿Entonces?

—¿Entonces qué?

Aquella voz tenía inconfundible timbre de mando.

—Entre usted a ese cuarto. Ustedes nos dejan, váyanse al patio.

—¿Entrar? ¿Entrar... allí?

—Sí, y pronto.

No había remedio. La voz de mando se imponía. Tras el jefe montonero, y la hembra, cerróse la puerta, mientras al fondo ardían las casas del pueblo capturado por los revolucionarios.

Ahora el mineral quedaba atrás. El *trust* quedaba debajo. Juan Faroles sabía que un Gobierno había dado a este una concesión centenaria. Pero la explotación no principió allí.

En lugar de ser amo de ellos, el oro y la plata habían

esclavizado al hondureño, desde que el hombre de cobre dio lo suyo al hombre blanco. El hombre de cobre no murió cuando la cruz se impuso al sol. Siguió viviendo y por los siglos hubo de continuar regalando sus pertenencias: tierras, minas, árboles, ríos, al hombre blanco. Mientras en esto pensaba Juan Faroles, Taciturno afilaba su machete y don Casimiro, el leguleyo que se había incorporado a los montoneros, echaba un bonito discurso.

Y los montoneros seguían su marcha por los cerros pardos y los grises caminos.

El pueblo estuvo casi todo el día bajo el peso del terror. Cerca de las cuatro, los primeros vecinos atreviéronse a salir. Tiendas destrozadas, casas a medio arder, cadáveres, algunos heridos. Mariana llegó a la plaza en busca del cura. La hermana quedó en un lecho, molida de fatiga.

Poco a poco fueron arreglando las cosas. Auxiliaron a los heridos alojándolos en la iglesia, extinguieron las llamas en los rescoldos, barrieron las casas.

En el templo, Mariana ayudaba afanosamente al cura y éste estaba relatando la llegada de los montoneros.

—Son almas que el diablo va a llevarse, pobres.

—No los compadezca, padre. Son bandidos, criminales.

—Sí. tal vez. Pero hay muchos criminales que no son montoneros... En fin. Gracias a Dios que ya se fueron. El jefe es un hombre simpático, tratable. No parece malo. Tal vez es un extraviado. Un desesperado.

—¿Cómo se llama el jefe, padre?

—Lorenzo Gallardo, Mariana.

* * *

—¿No te acordás de Herlinda, Lorenzo?

—Cuando me acuerdo de ella y de Ángel me entra una gran tristeza, o una rabia... quisiera descabezar a medio mundo. Mirá, Ambrosio, nosotros vamos a volver, vamos a volver allá cuando le demos vuelta al Gobierno y vamos a mandar... por todos los demonios, ¡vamos a mandar!

—¿Para dónde nos llevarán ahora los jefes?

—Creo que nos estamos acercando a una plaza grande. Yo estuve por estos lados, hace años. Pero yo ya soy jefe también, Ambrosio.

—Bueno. Ya vas siéndolo. Ya sos coronel; pronto serás general.

—¿Cómo que soy coronel? No oíste que me gritaron general hace una semana cuando el agarrón de Sabanalarga.

—Te portaste como un hombrón.

—¿Lo viste?

—Sí, sos un bárbaro.

—Vos no peleaste mal tampoco.

—¿Has visto al general Ordóñez?

—Ayer estuve con él en el Estado Mayor. Andan allí muchos papos que sólo sirven para estorbo.

—¿Cuánta gente tenemos?

—Entre costeños, gente de adentro y los indios, unos tres mil hombres.

—¿Y por qué no nos vamos sobre Tegucigalpa?

—El Gobierno está fuerte. Los generales no se arriesgan.

—Si tuviéramos más indios.

—Eso, más indios; pero ya conseguiremos parque y rifles para equipar más hombres.

* * *

Las luces de Tela fulguraban en las noches tranquilas o tormentosas de Lorenzo Gallardo. Tranquilas, diáfanas, las pupilas de Herlinda Díaz que en un día remoto alumbraron su camino. Entonces había buscado la muerte y ella lo salvó. Ahora la muerte andaba cerca, muy cerca, en cada lugar, a cada hora, en cada instante, pero no lo quería tomar. No lo quería aún.

Parecía más viejo Lorenzo Gallardo. Sólo había transcurrido un año después que abandonó a su mujer y a su hijo. Herlinda no supo de él durante algún tiempo, mientras él rodaba de lugar en lugar. Cuando se detuvo en su vida errátil permaneciendo en Tegucigalpa, le escribió. Trabajaba en un taller de mecánica, pero el sueldo apenas daba para la mala comida, la covacha y los tragos. Revivió el hombre los años de su infancia. Sentía honda emoción recorriendo aquellos sitios, antaño familiares. Tegucigalpa ya no era, como decía su padrino, «un pueblón con banda». En los arrabales de antes, cercanos al río y a los cerros, donde los muchachos que huían de las escuelas públicas formaban grandes pandillas para dar qué hacer a los propietarios de fincas aledañas y a la policía, erguíanse ahora hermosas residencias y barrios de obreros. La poza de El Banco.... ¿qué se hizo la poza de El

Banco? ¿Y la de Martínez?... ¿Y El Socorro? Hasta el río había cambiado. Las veces en que el muchacho Lorenzo Gallardo, veloz y audaz, se lanzó a las tumultuosas aguas después de los torrenciales aguaceros de octubre.

Un día llegó al taller donde trabaja, Lorenzo Gallardo cierto señor llamado Casimiro López y tuvo larga conferencia con el patrón.

Algo olía a feo en el ambiente.

Se sentía la aproximación de sucesos que quizás lo revolverían todo, que le darían vuelta a la vida.

Tres semanas más tarde el jefe de los mecánicos llevó a Lorenzo a un rincón del aserradero y le dijo:

—Lorenzo, ¿has andado en la «revancha»?

—¿En cuál revancha?

—Digo, que si has andado en alguna «revancha», como me lo figuro.

—¿Por qué se lo figura?

—A un buen conocedor le basta con verte, yo he andado en muchas. Tengo dos balazos.

—Bueno. Sí. ¿Por qué me lo pregunta, don Chico?

—Porque luego vamos a tener baile.

—Baile de plomo.

—Mira, Lorenzo. Vos me das confianza. Casi todos los muchachos están comprometidos a irse. Algunos consiguieron trabajo bajo entendido, que puso el patrón. ¿Te separás de tus compañeros?

—Bueno, bueno, ya entiendo. Pero ¿por quién pelearemos?

—El patrón, si ganamos, ocupará la vice. Y entonces nosotros nos vamos al coco.

—¿Dónde está el patrón?

—El patrón se encarga de hablar con diplomáticos y políticos. A una razón de él, yo les aviso.

Lorenzo salió de Tegucigalpa, tranquilamente, manejando su camión. Acompañábalo el Tuerto Ambrosio, quien ejercía en la capital el oficio de vago, y un ayudante mecánico. Debajo de los sacos de frijoles iban cuatro ametralladoras Thompson y diez fusiles calibre siete. En la cintura de Gallardo, como de ordinario, su flamante 45.

—¿Cuánto hace que salimos de Tegucigalpa, Ambrosio?

—Dos meses. Esto se vuelve aburrido.

—¿Y qué dice don Casimiro?

—Don Casimiro parece algo atontado. Me refirió que el patrón se había escondido y que a don Chico lo habían metido al tolete.

—¡Viejo papo! Se descubrió mucho y lo agarraron los chontes.

—Pero así como nosotros pudimos salir, también lo hubiera logrado.

—Sí, pero esos no hacen estas cosas, Ambrosio. Nosotros agarramos el venado y se lo servimos. Ellos se lo hartan. ¡Perros!

—Pero, hombre, si te veniste por tu propio gusto.

—Es cierto. ¿Quién me manda ser bruto? Y a quién se

le ocurre pensar que un vejete barrigudo, que se carga sesenta años, como es el patrón, va a tirarse a los cerros.

Eso es para nosotros, los que podemos hacerlo, los que tenemos güevos.

—Sí, Lorenzo, para nosotros que somos brutos.

—¡Atención! ¡Arriba!

—A las armas. ¡Enemigo al frente!

Lorenzo se incoiporó de un salto, Ambrosio hizo girar su único ojo en todas direcciones. ¡Atención!

—Enemigo al frente.

—¿Por dónde?

—¿A qué lado?

—¡Atención!

—¿Por dónde diablos, Ambrosio?

Los hombres corrían alelados. El campamento trepidaba. Grupos en desorden subían a ocupar unas colinas, otros parapetábanse tras los ocotes. El general Flores bramaba de coraje.

—¡A sus puestos, carajos, y firmes!

Antes de que llegaran a reponerse, una granizada de balas cayó sobre los montoneros. Por todas partes aparecían soldados. Una batería de ametralladoras emplazada en una colina alta barría la llanura, haciendo blanco a cada momento en las cuatro casitas de la huerta donde un rato antes almorzaba el general Ordóñez con el Estado Mayor. Aquel ataque fulminante desencadenado en pleno día desconcertaba a los revoltosos.

¡Traición! ¡Traición! ¡Traición!

El grito fue repetido cien, doscientas, dos mil veces. Quinientas bocas desesperadas aullaban ¡traición! Mil gargantas secas sentían la asfixia de los minutos supremos. Aquella muchedumbre bravia bajo la garra del súbito pánico, no tardó en quebrarse en frágiles fragmentos.

—¡Mataron al general Flores!

Lorenzo Gallardo se había lanzado adelante, ciego, loco de temeridad, bajo el fuego de las colts, de los máusers cuando vio derrengarse al viejo general, curtido por los rigores de veinte campañas.

—¿Está herido, general?

—Un rasguño, muchacho.

Arrastrándolo de los sobacos, reptando bajo los matorrales, a duras penas logró sacarlo hasta detrás de las casas, donde ambos montaron y se perdieron en el ocotal en rápida fuga. Lorenzo Gallardo no vio que allí, junto al tronco de un ciruelo, el único ojo del Tuerto Ambrosio lo miraba, ahora dulcemente, la vez postrera. Ni vio tampoco que en el momento de levantar al general Flores, un ídolo de barro se había incorporado desde el zarzal y una hoja tajante hizo astillas la cabeza del soldado que le apuntaba.

Victoriosas vivaqueaban las tropas del Gobierno en el sitio de la pelea. Un hombre setentón, pero fornido, viejo roble nudoso, acercóse al caudillo vencedor y, tendiéndole la mano, este le dijo:

—Gracias, don Onofre, sus informes han sido exactos.

—Sólo quiero hallarme cara a cara con ese Lorenzo Gallardo.

—Cuando lo agarremos lo pondremos contra la pared. Descuide.

El viejo no respondió. En el espeso arco de sus cejas grises no podría leerse si deseaba la vida o la muerte de aquel hombre.

* * *

Dormía profundamente Lorenzo en la cama de madera de la finca abandonada por sus propietarios. Esta se hallaba situada en la vega, ancha y húmeda, llena de liquidámbares.

Por la mañana la vega llenábase de trinos y en la noche el río devolvía la luz de las estrellas. Una huerta de plátanos ocultaba la casa y era grato reposar allí después de cuatro días y cuatro noches de esconderse en las cuevas y desgarrarse las carnes en los zarzales escapando de los soldados. En la finca sólo habían quedado dos viejas y un muchacho, pues los dueños se largaron a la ciudad más próxima cuando estalló la guerra civil.

—Aquí es. No me equivoco.

—Bueno, vamos.

Una mujer joven en traje de montar y un hombre echaban pie a tierra ante la muda espectación de las sirvientas. El muchacho corrió al interior a prevenir a Gallardo.

—Escóndase, jefe. Llega gente.

Soñoliento bajo el bochorno de la tarde, el montonero se sentó en el borde de la cama. Ya alargaba el brazo hacia el taburete donde había dejado el cinturón con la pistola, cuando una sombra se proyectó en el suelo e irguióse una esbelta figura en el vano de la puerta.

La mujer estaba allí tranquila, sin pronunciar palabra, mirándolo fijamente con unos hondos ojos oscuros.

—Usted, usted aquí. ¿Qué busca?

Dio un salto al arma, resuelto, fiero, indomable.

—¿Conque vienen a capturarme? Conmigo se mueren, ¡que vengan!

Ella avanzó sin alterarse. Dejose oír su voz suave, lenta, acariciante casi.

—No alborote. Vengo sola.

—¿Viene sola? ¿A buscarme?

—Sí, vengo sola a buscarlo.

La puerta, al cerrarse, cortó el hilo de luz solar que se metía adentro en el bochorno de la tarde, ebria de aroma y de humores.

Estaban cayendo las sombras del crepúsculo y el muchacho fue a llamar a la puerta.

—La comida, jefe. Café calientito.

Mariana, semidesnuda, incorporóse con laxitud de hartazgo. Volvió a tenderse viendo las vigas del techo sin atención. Su recuerdo vagaba. Aquello parecía un sueño. De pie en la puerta, charlando con el muchacho, Lorenzo Gallardo dábale las espaldas. Ella lo examinaba a su gusto, ¡qué fuerte... y qué hombre! Su padre no podría matarlo. No. Su padre no debía hacerle daño porque aquel hombre le pertenecía.

Porque era suyo y no de los soldados y de la muerte. Pero ¿sabía acaso ella qué era lo que su padre se proponía?

Los frijoles con mantequilla estaban muy apetitosos y el café reconfortaba admirablemente el espíritu.

—¿Cómo dio usted conmigo?

—Siguiendo a mi papá.

—¿Quiere él entregarme a la tropa para que me fusilen?

—No sé. No sé si te haría ahorcar o si te obligaría a casarte conmigo.

—¿Casarme?

Y en un deslumbramiento, Lorenzo Gallardo vio ante sí la mar azul y lá blanca playa y los cocoteros y el hospital, y el hércules Anselmo y el Gordo Alfonso y a don Goyo y a... y a Herlinda Díaz sola, llorosa, con un pequeño allí cerca. ¡Sola, abandonada, quizás perdida para siempre, tal vez en brazos de otro hombre! Sí, en brazos de otro hombre. Las mujeres olvidan. Estaba sola, tenía hambre, Ángel tenía hambre. Otro hombre, otro hombre.

Y Lorenzo Gallardo lloró mansamente sobre las manos acariciantes que habían recibido su rostro desesperado.

—Puedes descansar, aquí cerca no andan soldados ni revolucionarios. La guerra se fue para otro lado.

—¿Cómo lo sabe usted?

—Cuando supe que mi papá se había incorporado a la

tropa del general Vásquez, que pasó por el pueblo ocho días después del asalto, comprendí que te buscaba. Lo de Eloísa lo puso como loco. Yo lo convencí de que vos no tuviste culpa.

Me preguntó qué me había ocurrido. Se lo dije. Lloraba de furor. Pero días más tarde le dije también:

—Papá, yo quiero a ese Lorenzo Gallardo.

No dijo nada y desapareció del pueblo. Llamé a Juancho para que me acompañara y salimos tras el ejército. Tus compañeros se dispersaron después de aquel combate. Fue duro para ustedes, pero también para los del Gobierno. En el contraataque de los indios tuvieron muchos muertos y no lograron la persecución. Yo fui detrás de los soldados hasta San Lucas. Capturaron a muchos de tus amigos. Por ninguna parte se te veía. Te dieron por muerto.

—¿Dónde está el general Flores? ¿Dónde está el general Ordóñez?

El general Flores está con gente en...

—Dígalo... dígalo pronto.

—No, porque te vas a ir y yo no quiero que te maten.

Nos estaremos escondidos hasta que termine la guerra y enseguida viviremos en cualquier parte.

—Dígame dónde está el general Flores.

—No te irás todavía. No puedes irte hasta que sepas bien dónde se encuentra.

—Bueno. No me iré. Estaremos aquí esperando noticias.

—El general Flores pasó con una tropa regular, hace seis días, por el Vado. Juancho estará alerta.

* * *

En las piedras del río espejeaba la luna y un grillo solitario tocaba el cornetín.

—¿Por qué te metiste en este enredo, Lorenzo Gallardo?

—Pues vea. Yo trabajaba en Tela en el taller de mecánica y un día los gringos nos dieron el tiempo. Así no más. A uno lo tratan así los gringos en la costa norte.

—No conozco la costa.

—Es buena y es mala. ¿Ha oído hablar usted de los bananales, de los comisariatos, de los barcos? Todo eso es de las compañías. Hasta la tierra. La tierra ya no es de los hondureños, ni los ríos, ni los árboles, ni los trenes. Todo es de la Compañía. Los hondureños trabajamos para ellas y el día en que a cualquier gringo le da la gana lo echan a uno de un puntapié...Volví a Tegucigalpa, trabajaba, es verdad. El patrón es un vejete metido a político y mandó a don Chico a proponernos que nos viniéramos a la revancha. Hemos tenido días de suerte y ratos amargos. ¡Ah!, qué bueno cuando tomamos Yuscarán... ¡ja, ja! Allí hubo botín.

—Sí, pero ahora tenés que esconderte.

—Unas son de cal y otras de arena, como dice Juan Faroles. Juan Faroles es minero de los que trabajaban en San Juancito. Ha pasado años con su lámpara de carburo a cuestas, por eso lo apodan así.

Diez días estuvieron, fuera del mundo, en aquel rincón del bosque, hasta que el mozo dio la noticia.

—El general Flores acampará esta noche en "Las Piñas". Queda a tres leguas. Dicen que van buscando el norte.

Lorenzo dio un alarido de regocijo. Buscando el norte. Buscando la costa. Estaba lejos, pero llegarían allá, harían levantarse a las grandes masas apretujadas en los campos y en los muelles. Sacarían gente de los barracones, de las fincas, de la línea, de los puertos. Capturarían las ciudades. Se harían ricos, y entonces se las iban a pagar Guillén, Higgins, los gringos, y entonces volvería a ver a Herlinda Díaz, a Ángel. Maquinalmente repetía Tela... Tela, Ambrosio. Volveremos a Tela.

La sombra de Ambrosio nubló un instante su alegría.

—¿Conque te vas?

—Me voy. Convenimos en eso.

—No seas tonto, Lorenzo, ¿por quién peleas? No sos un penco, que, como dice mi papá, sólo es costra y caites. Te van a matar.

—No. No me matarán. Cuando tomemos la costa volveré al centro, a Tegucigalpa. Ya verás.

—Bueno. Sea tu gusto. Yo regresaré al pueblo con Juancho.

—Quiera Dios que te vuelva a ver.

Pasaron juntos la última noche, y al amanecer el hombre partió.

La hembra grávida lo vio perderse en el bosque de liquidámbares.

En el campamento del general Flores encontró a Juan Faroles y a Taciturno. Habían pasado las penas negras. Ahora el caudillo con un buen número de hombres resueltos se aprestaba a lanzarse a una empresa arriesgada, pero que si resultaba podía ser estupenda.

Hacían largas jornadas salvando las montañas de oriente, fija la mirada codiciosa en la gran presa que era la costa norte. Caminaban y caminaban, batiéndose algunos días, sorprendiendo pueblos pequeños, hurtando el bulto a las tropas regulares. Más de una emboscada les quitó muchos compañeros.

Los hombres disminuían. Juan Faroles, que no estaba acostumbrado a largas jornadas, sentíase deprimido, enfermo.

Las pupilas de Taciturno eran más sombrías. Sólo Gallardo hablaba febrilmente, sin cesar. Narraba a los hombres las proezas de aquella tierra, la lucha contra la selva cuando los gigantescos árboles caen abatidos a hachazos, la perfidia de las víboras, la triste vida en los barracones, y en las cuarterías, las grandes parrandas cuando llueven los *green-backs* sobre los mostradores de los hoteles, las balaceras en los trenes y los sufrimientos que da la malaria.

Los hombres le oían sin comprender bien, incrédulos algunos, optimistas otros.

Las fuerzas del Gobierno seguían las huellas de los montoneros con sutileza de cazadores, cazadores de lobos, cazadores de hombres. En la costa les esperaban más tropas.

Un anillo de hierro iba cerrándose en torno a ellos. Cuando estaban ya en terreno costeño, señalado por el brusco cambio de vegetación, en la linde de la selva espesa que señorean los guaramos y exornan las guacamayas, en los dominios del tigre y del cascabel, se produjo el ataque. Acometidos con saña, los montoneros pelearon bravamente hasta que el general Flores, viejo centauro, besó la tierra.

Después se desmenuzaron en grupos que huían, que huían, hundiéndose en la selva. Sólo Lorenzo Gallardo decía, con el ardor de la fiebre que encendía su cuerpo, ¡a Tela!, ¡a Tela!

Ninguno de sus amigos oíalo ya. La linterna de Juan Faroles quedó destrozada bajo un ceibo y el machete de Taciturno perdió su fulgor en la bóveda sombría de la jungla.

Don Onofre Ferrera se despidió del general Vásquez, que regresaba victorioso a sus cuarteles. El jefe habíale dicho:

—Esos hombres están perdidos.

Sí, pensó don Onofre. No pude alcanzar a Lorenzo Gallardo. Ya no. ¡Pobre Mariana!

Cruzando la montaña espesa va el exhausto grupo de hombres. ¿Cuántos quedan de la hueste numerosa que eran al principio? A lo sumo una centena, hambrientos, cansados, tosijosos, febriles. De los riscos de Intibucá, donde la tripa se cuece con el ponche infernal para resistir los fríos de la escarcha; de los pinares del centro, grandes y rumorosos, con olor a brea y azul de horizonte en las pupilas, de los bajíos del sur y de la pampa del coyol y del oscuro fondo de los bananales, habían surgido.

Diez veces la muerte los diezmó, agrietando sus muros de carne. Aquel centenar buscaba una salida hacia la vida, una escapada hacia la esperanza.

Salvando un trozo de espesura llegaron a un claro abierto por los descombros. Un pequeño río lo partía. En él calmaban su sed cuando los cerros vecinos les enviaron pan de acero para matar sus hambres anónimas. Un resto de instinto los arrojó tras los pocos matorrales y crispó los dedos en los gatillos del infume y del Remington que ya eran una pesada carga. Arreció el fuego. Llovían proyectiles sobre aquellos infelices. Allí se cerró el círculo de sus vidas ignoradas. Allí se acabó todo para ellos.

De espaldas sobre la grama, con los ojos abiertos al cielo indiferente, al Dios mudo, quedaba Lorenzo Gallardo. Ya no podía disparar. Ya no más. Quietud.

La ametralladora cantaba tac tac tac. Cantaba el río. Del vientre, de las piernas, en fuga roja, huía la vida.

Pronto todo él estaría frío. Cantaba el riachuelo:

—Herlinda... Ángel...

* * *

La familia, que había ido de temporada al campo, hubo de regresar pronto. De la capital llegaban alarmantes noticias que se condensaban en una sola: la revolución.

Con pesar dejó Mario el campo abierto, lleno de sol y de aire, los pinares enormes y sombríos, las altas laderas donde realizaban torneos de longevidad los robles y las encinas ante la fragante lozanía de los liquidámbares jóvenes y resplandecientes; las mozas campesinas, prietas y cimarronas que lo acogían breve, pero calurosamente, en la encubridora semipenumbra de los arrayanes, el río cantarín y la fría neblina amanezquera.

Vagando por cerros y huertos, Mario vivía en plenitud de libertad, de soledad, de animalidad, de pureza. Lejos de todas las patrañas de la civilización. Era un ser primitivo, auroral, vegetal, salvaje. «Eres un salvaje». Aquella expresión de la amante dadivosa con quien meses antes tuviera una bravía temporada de crápula, le hacía sonreír y reflexionar.

Le agradó que le llamara «un salvaje». Tal vez la inteligente mujer penetró hondo en su psicología, en las antinomias de su carácter, como quizás nadie lo hizo. Habíale dicho así por su actitud de insubordinación ante el prejuicio y la farsa social, por su desamor al exhibicionismo tonto; por el tremendo anhelo que adivinaba en aquel espíritu por una vida más diáfana, más sincera, más libre.

Hablaba él con cierto abandono elegante y desencantado; o erguíase con una llama azul en los ojos oscuros, y su palabra era como una daga implacable. Decíale que le aburrían las reuniones sociales frecuentes. Gustaba de las fiestas, pero no en demasía. No hay que prodigarse.

Ocurríanle reflexiones chistosas en los salones: aquellas parejas que se despernancaban pretendiendo seguir la locura del jazz, le parecían grotescas y ridículas. Monos haciendo piruetas. Valía más refugiarse en la cantina junto a un amigo despreocupado, o una mujer simple.

Deseaba estar en su casa, dormido. ¿Por qué no lo dejaban solo, sin fingir, sin tener que rebajarse?

Las cuatro paredes, la ventana de postigos entreabiertos. Embriaguez del aislamiento. La soledad permite creer en el genio. Es la presencia de los extraños lo que nos doblega a sus pobres medidas. Pero en esta interrupción de todo ruido, de todo gesto, qué impulso nos levanta y nos lleva a nuestro verdadero nivel. Ninguna duda. ¡Ninguna nostalgia! Ninguna esperanza. Solo. Yo frente al otro yo. Solo frente al mundo.

Desnudábase ante ella, con frases suaves pero hirientes, llenas de un fino sarcasmo, como esos vinos ligeramente amargos. No era una actitud de profeta, ni de juez.

¡Fuera esas poses! Era un escepticismo compasivo, pero irreductible, que fluía lentamente, y ella dijo: ¡Me gusta más... salvaje!

* * *

La sangre manaba de cien, de mil arterias del pueblo, que se ofrecía a los golpes, que se brindaba, sacrificándose, loco, enfurecido, desatado. Era el morbo homicida, la demencia de todos, la riña de una porción de apetencias, de instintos y de rencores. ¿Qué quedaba de todo aquel horror? Aquella sangre era como la simiente de Onán.

Con los ecos de la matanza, evocaba viejas escenas vividas otra vez, muchas veces, que habían conmovido sus nervios. Evocaba el cuadro aquel de su adolescencia: hallábase en un cuarto interior, limpiando sus libros desparramados sobre un viejo escritorio. Junto a las paredes veíanse varios cajones de madera, sellados por gruesos candados. Entró Francisco, en compañía de un desconocido. Hablaban animadamente, en voz baja. El primero rogó:

—Quítame esos libros, Mario, y préstame el escritorio.

Los tres desalojaron rápidamente el mueble, colocando en el suelo los volúmenes. Luego, abrió Francisco los cajones y fue colocando, sobre aquel pistolas máuser y cajas de balas. Con la ayuda de su amigo preparó las dulzainas y alineó las armas en el escritorio y el piso.

—A las ocho vendrá Tomás por una parte, la otra la llevaremos nosotros.

Salieron, cerrando cuidadosamente la puerta. Francisco no amaneció en la ciudad, ni varios centenares de hombres más.

Llegaban, igual que ahora, inexactas noticias de la guerra civil. Un día corrió la voz de que se había verificado un sangriento combate, entre tropas del Gobierno y revolucionarios. Quedaban muchos muertos y heridos. En el boletín publicado aparecía, entre estos últimos, el nombre de Francisco.

Al terminar la revolución, regresó el primo. Mostraba una gran cicatriz en el abdomen; se comentaban mucho sus actos de temeridad.

Mario había querido ir a la revolución pero no lo dejó moverse la calentura. Al sentirse bien fue por las desiertas calles en busca de unos viejos militares amigos de la familia. Todos habían partido. Ya no salían grupos de la ciudad y los retenes, alertas en los cerros, disparaban contra cualquier bulto sospechoso. Más tarde se alegró de no haber oficiado en aquellas misas bárbaras, en aquellas fiestas sangrientas. Frecuentemente hacíase esta interrogación: ¿por qué nos matamos? ¿Es que no es posible resolver nuestros asuntos de otra manera? El hecho de exterminarse generaciones y generaciones no ha resuelto ningún problema nacional. Los ha agravado, aumentando con el odio y la desconfianza, las dificultades y las pobrezas con que suelen tropezar las naciones jóvenes, en vías de organización. Hemos de sustituir la montonera con la civilidad, la barbarie con la cultura, la agresividad primitiva con la educación colectiva. Por esos caminos haremos más fuerte al país, y siendo más fuertes estaremos en capacidad para erigir reivindicaciones y justicia.

Lo mismo opinaba Armando y ambos convirtieron al belicoso primo en un sujeto de orden y de trabajo metódico.

Agolpábanse en su mente en aquel día de remembranzas las palabras, los recuerdos y las imágenes. Viajes, conversaciones, amores. María Elena, la palpitante realidad de carne y sangre. La palpitante realidad que vencía el fantasma de Eva, el sortilegio de Luna Benamor. En sus oídos cansados, repetíanse viejos estribillos:

—Amalia, Ramiro... iz... quier... de... re... iz... quier...

¡Zas! Mario da un salto.

—¿Qué fue eso? ¿Qué sonó allí? ¿Fuiste tú, Gloria?

—Sí, papá. Una bomba que se rompió.

Madreselvas en flor. Aquella noche azul; y más hondo,

más hondo, en el lago del recuerdo y de la nostalgia, un viejo amor y los ojos negros de Dolores, que lo miran desde el infinito, los ojos muertos del tío César. Una voz temblona y unos espantados rostros de niños.

—Mario. ¡Dios Santo! César se muere. Ya no palpita.

Él, tranquilo (¿cómo ha estado tan tranquilo y tan cerca de la muerte?).

—Ya no palpita.

El médico canoso, indiferente. «Esto terminó ya», y un gemir anhelante y unos gritos de niños. Mario estaba tranquilo; fue al teléfono y llamó a la funeraria. También estaba tranquilo cuando descolgó el auricular para dar el buen notición a su hermana.

—Ya pasó... es un varón.

Dos varones, además de Gloria, que ya ejecutaba «El cascanueces» en el piano que recién le compró y que tenía el pálido y desvaído rostro de Chopin en un cuadro.

Pero aquella noche no estuvo tranquilo. Aquella noche sintió que el corazón le saltaba como galgo alocado:

—¡Mario! (urgía la voz de la invisible adolorida), Mario... Francisco está agonizando.

¿Cómo? ¿Será posible que muera Francisco? ¿Que un volcán se apague, que se enfríe la lava, que un torrente se quede inmóvil, que un muro de granito se desplome?

¡Francisco se muere corre, Mario!

—Sí, ya murió. Fue el corazón.

Se le rompió el corazón. Se le incendió...

El dolor de los seres queridos que se van, el dolor que se siente hasta después... hasta que se nota el vacío con las sombras que no pueden asirse, que no pueden apretarse con lo intangible. Y el amargo sabor de la traición vil y rastrera. Los seres de espíritu menguado que en la primera ocasión mostraban su pequeñez. El amigo que imitó a Judas, el hombre a quien se abrieron las compuertas del espíritu y la vida.

Le daban asco. Ni cólera, ni lástima, asco. La orfandad, la soledad, la lucha silenciosa tragándose sus penas le habían pagado la deuda en orgullo, en altivez, en lucidez. Y así, las mordidas de la incomprensión, de la envidia y del despecho dejábanlo intacto. Y el tumulto de sangre, miserias y horrores de una civilización podrida; y las grandes farsas de las asambleas, las grandes farsas de las doctrinas y de los pactos y de los discursos, mientras bajo la tierra se pudren millones de víctimas y otros millones de esqueletos deambulan por el mundo; y el trueno del oleaje que apagaba las múltiples voces de ciudades vistas como en sueños. Olas. Olas de la vida. Y el viento loco que barrió tantos recuerdos. El viento loco que arrojaba lejos las amarillas hojas de los jardines. El viento loco que lo llevaba sobre los horizontes para dejarlo caer, como un barrilete al que cortasen el ombligo de cáñamo que lo unía a la tierra, sobre las piedras ancestrales de Cerro de Plata.

«Vivimos en un mundo lleno de enigmas y tenemos la audacia de pasar por él sin resolvernos a sospecharlo. La electricidad, el hipnotismo, la cirugía, la astronomía; el espiritismo y la televisión han llenado el mundo de más reliquias que todos los personajes de la mitología griega.

Por cada estatua de Venus hay mil cronómetros. Por cada medalla de Minerva, dos mil ochocientos ejemplares de las *Confesiones* de la señora Blavatsky. Un aparato de rayos X por cada aventura de Júpiter. Un millón de radiolas o de teléfonos por cada imprecación de Vulcano. Y ustedes querrían seguir viviendo en este universo terrible, con el mismo equipaje sentimental con que el joven Goethe cruzó los Alpes para visitar las llanuras de Italia. Es absurdo. Los fetiches de una cultura muerta no sirven. En cambio, tenemos mil amuletos que no imploramos, mil orígenes nuevos de misterio que utilizar».

Encontró este párrafo en una novela argentina, *Los fetiches de una cultura muerta*. Ya había sentido deseos, muchas veces, de entregarlos al fuego.

¿Con cuáles sustituirlos?

¿Cómo estructurar una nueva mentalidad, así como se fabrica un avión ultramoderno?

Se oía la algarabía de los niños en el cuarto vecino. Tendido en su lecho, descansado, tranquilo, dejaba vagar sus miradas por la habitación. Sobre la vecina cama de María Elena pendía un crucifijo de marfil. También había uno en cada compartimiento del hospital.

Recordaba a Carmen Brown y a Arlyne Henderson, las jóvenes parladoras y bonitas enfermeras que llegaban a darle los buenos días, llevándole el desayuno con las tabletas de vitaminas B, C y K. Fuera, un hermoso jardín, con grandes árboles y verde horizonte. Él tenía ante sus ojos, en su memoria, las figuras infantiles de sus hijos ¡hombrecitos! Y Gloria... ¿ejecutará ya la Polonesa?

Las risas y las voces de los niños sonaban más fuertes, más jubilosas. Era la vida. Eran las nuevas generaciones. Era el hombre nuevo que quería ver la cara del viejo sol. Era ya el mañana risueño después del sombrío ayer.

Saltó del lecho. Una voz sonora, rotunda, vibraba en sus oídos, vibraba en su corazón:

—Vamos, Mario... en marcha.

CERRO DE PLATA — NAVIDAD DEL 48.

Impreso en Estados Unidos
por Casasola Editores
MMXXII

UNIÓN
EDITORIAL
CENTROAMERICANA